Guy Goffette

Verlaine d'ardoise et de pluie

Gallimard

Guy Goffette est né en 1947. Il est l'auteur de plusieurs recueils de poésie dont *Éloge pour une cuisine de province, La vie promise* et *Le pêcheur d'eau.*

à Jacques Réda

Verlaine : c'est fragile et allumé comme un coquelicot dans le brouillard.

Claudel

Verlaine? Il est caché parmi l'herbe, Verlaine.

Mallarmé

Le schiste est un soleil refroidi, enfermé dans la pierre. C'est une fleur aussi, plusieurs fois millénaire, quelque chose entre le coquelicot et le chardon, en plus éteint, mais qui s'irise encore à certaines heures du jour, les plus fragiles. Au petit matin, par exemple, et à l'entrée du soir.

La pluie, qui ferait luire la plus sale défroque, noie le soleil du schiste, et la fleur bise qu'elle aurait dû réveiller, elle l'assomme au contraire, l'assombrit davantage, la renfrogne comme un vieux lilas.

Tout le pays, d'un seul coup, en est atteint. Toutes les maisons se referment sur elles-mêmes, s'enfoncent dans la campagne grise. Pour un peu, on les heurterait du pied si l'on n'y regardait de plus près en marchant.

Heureusement, il y a les ardoises. Coupé en tranches fines, le soleil du schiste a vite fait de reprendre du mordant, et la fleur qu'on croyait éteinte retrouve en un instant une sorte d'éclat et de fraîcheur.

Encore faut-il pour cela qu'il bruine ou brumaille.

La fée ardoise alors étale sur la table du soir tout son jeu de nuances, et c'est la discrétion des simples quand tout rit alentour, clabaude ou criaille ; c'est l'œillade mate qui enjôle les sapins à l'exercice dans leur uniforme de parade ; c'est la fluorescence quand tout s'éplore, grisonne ou s'endeuille ; c'est la grande conversation des toits avec la lune qui s'étonne ; c'est toute l'Ardenne en rêve descendant la Meuse ; c'est Verlaine qui passe. *Silince ! Silince !*

UN PAYS SUR LA ROUTE

La route est bonne et la mort est au bout.

Paul Verlaine

I

Paris, 7 janvier 1896. Celui qui vient de rouler nu sur le carreau glacé de sa chambre, au 39 de la rue Descartes, ne sait pas qu'il est entré en agonie.

Il y a une route devant lui qui n'en finit pas de monter, toute droite, avec du soleil et les flaques d'ombre des grands arbres où il fait si bon se rafraîchir un moment avant de poursuivre. Il y a cette route qui s'en va, toute droite, devant lui comme une fille gironde, mais il a beau lancer tout son corps en avant, rien à faire, il reste sur place. On dirait qu'un boulet de forçat le retient, qui lui tord la jambe, ou c'est un éclat de schiste à la place de la rotule qui tourne mal, et qui grince et lui vrille jusqu'au cœur.

Crénom, cette route pourtant est de toujours, c'est la même, il l'a faite cent fois, elle le connaît par cœur. Il lui semble qu'un petit effort, voyons, suffirait pour atteindre ce glacis d'ombre, là-haut, délectable ô combien par cette chaleur torride et ce soleil de midi qui écrase tout. Allons, Verlaine, ce n'est pas le moment de flancher. Il y a toute cette route devant toi, bien droite, *et tu n'as qu'à monter.*

II

C'est la première et la dernière image : un homme qui marche. D'abord, on ne voit que lui. De dos. Une espèce de grand oiseau noir aux ailes repliées. Sur la tête, un chapeau haut de forme, et, s'écartant du corps claudicant, une canne qui bat l'air un peu. C'est à peine si le mouvement des jambes est perceptible. Simplement, la silhouette diminue peu à peu, rapetisse jusqu'à ne plus être qu'un point qu'on perd dans la lumière. Alors le paysage alentour apparaît.

C'est un tableau de campagne comme nous en avons tous connu, reposant au possible : un gros chemin de terre qui coule entre deux rangées d'arbres, ormes, tilleuls, va savoir. Et, de part et d'autre, passé le talus, une vaste étendue jaune ou verte : colza, luzerne, avec au fond la barrière noire des bois sous la bâche bleue qui ondule mollement. Et la route à nouveau tout au bout comme un point d'orgue ouvrant des hectares de silence.

C'est une carte postale oubliée dans un livre, et la

mémoire n'a rien gardé d'elle que ce vers en légende, ce dix-pieds allègre et décidé qui répète : *La route est droite et tu n'as qu'à monter.*

III

Couché la face contre terre dans la chambre glacée, Verlaine, à l'arrêt sur la route d'agonie, grelotte de tout son long. Incapable du moindre geste, tourner la tête, fermer l'œil, il renifle et gémit faiblement. On dirait la voix d'un enfant qui pleure dans le noir, une berceuse déchirée par des quintes de toux : il y a trop de poussière sur ce chemin. Trop de lumière qui poudroie. Et personne au bord pour lui venir en aide. Personne. À croire qu'il est seul une fois de plus, que tous l'ont abandonné. Mathilde.

Mathilde ! Mathilde, où es-tu ?

Inutile de gaspiller tes forces, Verlaine. Mathilde est loin, elle dort. Elle dort, la *petite épouse* trahie, elle dort douillettement au creux d'un fonctionnaire de Bruxelles.

Et tu es seul à présent, seul et nu, grelottant de fièvre sur le carreau, à cette heure où tous s'enfoncent au sommeil, rêvent ou s'amusent avec des femmes dans les jambes et des poèmes à boire. Ô *camaraux*, mes amis, courez donc le guilledou et prétentaine tant qu'il est l'heure, courez : la mort vient vite, c'est demain !

Mais qui parle de mourir quand il y a toute cette route devant lui qui l'appelle et qu'il lui faut marcher encore. Ce n'est pas à un vieux trimardeur qu'on va faire la leçon, les routes, ça le connaît comme sa poche. Il a cinquante-deux ans cette année, et des restes suffisamment gaillards pour ne pas décrocher. N'était cette jambe qui tire, et tout ce soleil d'incendie, il vous en remontrerait, jeunes gens, il vous en remontrerait.

IV

Pour l'heure, il a soif et appelle. C'est un gémissement à peine, mais qui lui déchire la gorge et lui arrache des morceaux de plèvre.

Ah, *triste corps! Combien faible et combien puni!* Triste corps qui crie en silence que la mer n'est pas la mer, que tout est faux, que vivre est autre chose. Corps comme un vieux cheval qui tire dans tous les sens et ne peut plus avancer, et les coups pleuvent. Corps qui s'ouvre en deux, âme qui se désunit. Corps en croix qui demande à boire.

À boire, Eugénie, nom de Dieu! À boire! Tu m'abandonnes donc toi aussi dans ce Transvaal d'enfer. Eugénie, comme toutes les autres. Ô *carne, peste, choléra,* toi aussi!

S'il se souvient, Verlaine, c'est juste de ce moment, quelques heures plus tôt, où, sur des mots plus gros que nature, Eugénie l'a quitté. Parce qu'il prétendait se lever et qu'elle le contraignait à rester sur son grabat. Et puisque, dans sa colère, il avait fini par l'envoyer paître, elle devait être encore chez le bougnat d'à côté, dans la prairie des ivrognes, à lever le coude à chaque mouton qui passe.

Comme tu te trompes, Verlaine. Eugénie, ta dernière compagne, la *toquée de la rue Saint-Jacques*, comme tu l'appelais aux jours sombres, Eugénie n'est pas à vau-la-ville. Elle veille depuis des heures à tes côtés, tricotant ses larmes.

Réveillée en pleine nuit par la chute de l'agonisant, elle a fait ce qu'elle a pu. Impuissante à relever cette masse de chair sur le carreau, elle a glissé, maternelle tout à coup, un oreiller sous la tête de son homme et jeté une couverture sur le corps, en attendant que le jour se lève, en attendant du secours. En attendant.

Pour l'heure, elle a soif elle aussi et boit ses larmes entre les cordiaux.

V

Au vrai, il y avait pas mal de temps déjà qu'il en avait assez, le pauvre Lélian, de courir d'hôpital en asile et de garni miteux en soupente infecte. Quand le cœur est à ce point recru de remords, de fatigues, on rêve de poser le sac et d'arrêter la route, de faire son chez-soi d'un carré d'herbe, et d'un petit bonheur de plain-pied avec une femme avenante et gentille, un chat pour dire la pluie, un chien pour la chasser et une petite maison cachée dans le creux d'une colline. On rêve d'une vie régulière comme un poème qui va d'une rime à l'autre sans surprise, et la césure est toujours à midi comme la casserole de soupe au milieu de la table, qui fume.

Aussi, quand il retrouve, en 1889 ou 1890, bon sang, c'est si loin déjà, cette Eugénie Krantz qu'il avait rencontrée cinq ans plus tôt et tout de suite aimée à cause de sa tournure et de son accent ardennais, Verlaine croit que c'est arrivé. Il envoie bouler la belle Philomène qui lui mange les sangs et le trompe avec des freluquets. Adieu *Mamezelle Bou-*

din, bonjour *Nini Mouton* ! On tourne la page, et c'est tout beau, tout blanc.

La *Nini*, comme on appelait Eugénie quand elle était théâtreuse, est un petit bout de femme à frisettes, « petite comme un chien assis, laide comme les sept péchés capitaux », écrira Delahaye ; c'est une fille du trottoir, mais qui a raccroché, la quarantaine venue, et qui gagne bonnement sa vie comme giletière en chambre pour La Belle Jardinière. Avec elle au moins, Verlaine aura un toit et des caleçons bien chauds pour couvrir ses rhumatismes.

Avec elle, il pourra céder, sans tracas et comme en toute légalité, à ses deux penchants : le goût de la chair et celui de l'alcool. « Jouir et dormir », voilà le rêve.

Voilà le rêve et voilà le cauchemar. La *compagne savoureuse et bonne* des premiers temps, la maîtresse ès voluptés des *Chansons pour Elle*, se révèle vite pour ce qu'elle est : calculatrice et pingre comme personne. Avec ça, rancunière et coupante comme l'ardoise, et sotte par-dessus : une *virago réussie*, comme il la désignera plus tard dans un poème.

Sans cette hydrarthrose du genou qui ne laisse pas de le faire souffrir, sans ce diabète, et ce foie, et cet estomac, et cette fichue toux, sûr qu'il ne résisterait pas plus longtemps à l'envie d'y regoûter, à la rieuse et sensuelle et douce Philo qui le relance sans arrêt.

Mais elle court vite, Philomène, et lui n'en peut plus. C'est trop tard. Il s'est alité. Eugénie veille, et la route s'en va toute seule vers des lumières.

VI

De plus en plus raide, la route, sacrebleu, et le soleil qui tape comme un perdu : Verlaine, immobile, transpire le ciel et la terre.

Mais dehors, mais dedans, la température, en vérité, est glaciale. Il y a longtemps que le foyer s'est éteint dans la chambre. Le coke gracieusement offert par l'ami Montesquiou a fait long feu. Seuls brûlent encore, avec la lancinante piqûre de l'hydrarthrose du genou, la lampe à pétrole sous le portrait lacéré du père et le vase de nuit peint à l'or liquide dans la folie des derniers jours.

Il va mourir sur la dalle froide comme un chien, celui qui n'a pas pris un jour le parti de vivre rassis, de s'en aller à petits pas dans des chaussons vers des infinis de misère bien carrés comme une tombe.

Qui n'a pas pu. Qui n'a pas su.

Parce que l'astre Saturne, soi-disant, l'avait placé, dès sa naissance, sous une *Influence maligne*, lui réservant *bonne part de malheurs et bonne part de bile.*

Parce qu'il était l'agneau qu'on ne tond pas, qui veut garder toute sa laine et rester vert comme le désir du vent dans la plaine. Parce qu'un vieux fonds de mélancolie (d'où tenu ?) l'a traîné sur des chemins de fortune et jeté dans les bras de mille *fées vertes* sans vergogne. Parce qu'en lui un enfant révolté par la laideur refusait obstinément de mourir avant d'avoir serré dans sa chair toute la beauté du monde. Parce que.

VII

Parce que, tout de même, un homme, c'est bien autre chose que le petit tas de secrets qu'on a cent fois dit. Bien autre chose, en deçà et au-delà de l'histoire qui le concerne, comme un pays sans frontières, et l'horizon ne tient la longe qu'aux yeux.

C'est un pays rêvé quand on ne rêvait pas encore, et c'est le rêve d'un pays qui vous mène quand tout dort, quand on est soi-même endormi. Au réveil, ça vous colle à la peau. Ça vous remplit et ça vous vide tour à tour. La plénitude et le manque, systole, diastole, flux, reflux, qui font aller l'homme comme la mer, d'un bord à l'autre de lui-même. L'égarent, le renversent, le relèvent.

Parce qu'un poète, c'est toujours un pays qui marche, boiteux parfois, cassé, cagneux, tanguant, tout ce qu'on voudra, mais debout, en avant, dressé comme une forêt, même si c'est son ombre toujours sur la terre qu'on voit, ou son reflet. L'illusion est complète pour qui croit le comprendre. Lui-même n'y comprend rien. Se laisse porter *deçà, delà, / pareil à la / feuille morte.* Va, vit, vibre, hirsute, ivre de jouir. Fait la nique à son image ou s'y noie. Insatisfait toujours, quoi qu'il arrive, traînant dans sa langue un pays d'exil, un paradis d'échos.

Et tout le reste est littérature.

LES *BOCALS*

I

On dit que la mémoire, avant de tourner la page, dresse encore sa table des matières et trace un vivant résumé. Toutes les scènes marquantes sont reprises et serrées comme un poing. Le film se déroule au ralenti dans le temps d'un éclair. C'est l'heure où les aveugles voient, où les sourds entendent, et Caïn même, au fond de sa retraite, a beau se fermer les yeux, il voit ce qu'il a fui.

Verlaine, en son coma, entend prononcer son petit nom dans la maison de Metz. C'est la voix douce de Stéphanie, sa mère. La voix d'une femme enfin comblée, d'une femme aux nues. D'une qui a tellement attendu que c'est miracle qu'elle n'ait pas désespéré.

Par trois fois déjà, elle a accouché du vent, ou presque : trois petits corps sans forme, trois âmes où la vie n'a pas soufflé.

Trois, c'est un chiffre sacré, magique, autoritaire. On le lui a dit : après, c'est l'aventure, tant pis pour vous ! Stéphanie a la foi qui déplace les montagnes, ça lui suffit. Elle croit dur comme fer au jamais trois sans quatre. Car elle jouit de cette confiance aveugle que les femmes placent en leur sein, elle partage l'inconscience des mères à venir qu'on appelle l'instinct. Elle sait depuis toujours, en bonne paysanne, que les saisons sont au nombre de quatre, comme les murs de l'horizon, les voix de l'Évangile et les chemins du vent. Que l'été est déjà dans l'hiver comme l'arbre dans la graine ; qu'il n'est pas de savoir que la vie n'éconduit, pas de fleuve à la fin qu'une goutte d'eau ne détourne.

Et qu'est-ce qu'une goutte de lait dans le sein d'une mère, si ce n'est pas déjà l'enfant qui appelle et qui crie ?

II

Eliza-Stéphanie Dehée est une fille de la campagne. De Fampoux, près d'Arras. Une fille de cultivateurs, rompue aux cycles de la nature. Elle a vu les animaux mettre bas, les chiens, les chats dans le grenier, les chevaux sur la paille fraîche de l'écurie, les vaches à l'étable. Elle sait que tout ne marche pas toujours comme sur des roulettes et, quand son père rentre d'un vêlage le front rembruni, s'il ne desserre plus les dents de la journée, elle comprend tout de suite que le veau attendu ou la génisse sont morts et que cela fait un trou immense dans le bas de laine. Mais quoi ? il y a demain qui n'est pas encore, et tout reste promis. En cela, elle a une légère avance sur les petites citadines.

Par trois fois donc, la grossesse d'Eliza-Stéphanie s'est soldée par un échec. Un triple échec sur lequel elle est bien décidée à ne pas s'arrêter.

Pour se donner du courage, elle en a conservé les fruits dans des bocaux remplis d'esprit-de-vin. Trois bocaux de ce gros verre brunâtre, et sans grâce aucune. Trois bocaux du pays de Fampoux. Un fœtus par bocal. Trois qui trônent sur l'étagère dans le salon de Metz et qu'elle range précipitamment dans l'armoire quand le pas du capitaine Nicolas-Auguste Verlaine, son mari, se fait entendre dans l'escalier.

Il connaît cette étrange lubie de son épouse et, malgré le dégoût que lui inspire le répugnant tabernacle, se contente de hausser les épaules, car il se sent, ma foi, un peu coupable et compatit, par cette extrême fragilité des hommes que l'uniforme ne protège plus et qui se retrouvent désarmés devant le visage mouillé d'une femme.

Trois bocaux donc, pour encourager Stéphanie à aller de l'avant. Trois bocaux pleins de mort pour marcher au miracle. Trois jalons sur le chemin de croix de la mère. Les trois premières stations : trois chutes avant les relevailles plénières, car voici la quatrième bientôt qui s'annonce à petits coups de pied au ventre. Comme au théâtre. Comme au théâtre.

III

Metz, 30 mars 1844. Celui qui vient de rouler dans son berceau, au 2 de la rue Haute-Pierre, ne sait pas encore qu'il est entré dans l'Histoire.

Il y a une route qui commence devant lui, toute droite, avec du soleil en poudre et des flaques de musique où il fait bon s'endormir. Il y a ce concert de voix où l'oreille petit à petit fait son chemin. C'est le premier bain dans l'air. Les sons font des bulles qu'on ne voit pas encore, mais qui éclatent doucement sous la pupille. On les distingue peu à peu, l'une après l'autre, on les accorde avec le bruit du cœur. Il y a celle qui ondule comme une vague, avec des pointes de pluie, mais douce comme un ventre de femme, et puis une autre qui répond plus bas comme un ciel d'orage roulant dans les cailloux. Le mélange se fait dans les hauteurs, comme à l'étouffée. On marche sur du velours. On ne s'en remettra jamais tout à fait.

IV

S'il les a regardés longuement, l'enfant du miracle, ces trois fœtus roses sur l'étagère de bois — et de quel regard noir au fond des orbites qui brûlent, quand, sur le tapis du salon, jouant seul parmi les soldats de plomb ou rêvassant à Dieu sait quelle figure sur les reflets du meuble, il s'arrêtait soudain sur eux, plein de malaise et d'effroi !

S'il a dû lui en poser des questions, à sa mère, des questions naïves comme en posent les petits de l'homme devant les évidences — le bleu du ciel, dis, maman, pourquoi ? et la neige, et les nuages ? Et jamais une réponse claire, nette, n'aurait franchi les lèvres blessées d'Eliza-Stéphanie Dehée ? Jamais une réponse à couper le cou pour toujours à cette route désordonnée du rêve là-bas dans la brume où la vie de Paul va se perdre ?

Jamais en tout cas, ni dans ses vers ni dans sa prose, Paul n'évoquera les trois fœtus.

Peut-être les beaux yeux bridés de sa mère tout à coup qui s'embuent, ses beaux yeux chinois et noyés de larmes ont-ils suffi, avec le doigt posé sur les lèvres, religieusement, pour que l'enfant devienne complice à son tour du grand secret et soudainement grandisse dans le silence et l'effroi du silence. Peut-être.

Il y a tellement de choses que les enfants ne peuvent comprendre, sous peine de souffrir beaucoup, et qu'ils comprennent sans rien dire ; tellement de choses qu'il convient de préserver dans leur enveloppe de gaze, de brouillard, de mystère et qu'ils enfouissent en eux, quitte à porter jusqu'au bout le poids écrasant du secret inviolé, et le désir de sa révélation.

Il y a des noms, mon petit Paul, qui n'ont pas eu le temps d'être prononcés, et qui demeurent à jamais dans l'air alentour, terriblement, *comme ceux des aimés que la Vie exila*, ces fantômes pour les jours à venir, et qui déjà s'acharnent sur tes rêves.

V

Quand la charge est trop lourde, que le bât blesse trop profond, l'animal se cabre ou s'affaisse.

Verlaine a vingt-cinq ans bien sonnés quand, une nuit de juillet 1869, ayant bu plus que de coutume, il rentre chez sa mère et, l'ayant renversée sous lui, tente de l'étrangler. Heureusement Victoire, la servante, s'interpose et fait lâcher prise au furieux. Alors, fou de colère, Verlaine avise l'armoire aux secrets, l'ouvre toute grande et menace de flanquer par terre, d'un coup de sa canne de noyer, les trois *bocals*, comme il dit de sa voix de rogomme ardennais, si on ne lui donne séance tenante *des argints*.

Il y a belle lurette que les coups de pied de l'enfant dans le ventre de sa mère ne la font plus sourire. Paul, le fœtus numéro quatre, est arrivé à terme. Il a bu tout l'esprit-de-vin et ne sent plus sa force quand il cogne à tort et à travers sur ceux qui l'aiment et voudraient le retenir d'un peu trop près.

Car il est libre à présent, il jure et crache comme un charron. Mais il a trois bocaux sur le cœur et trois morts sur l'estomac qui pèsent leur plein de silence et qu'il ne sait pas comment faire passer.

Et c'est ça, bon sang, qui lui brûle au ventre, ça que la petite verte de deux sous ne parvient pas à endormir ; ça qui lui remonte à la gorge et qui lui met le feu aux yeux.

Et il aboie Nom de Dieu de nom de Dieu et terrorise sa mère qui défend son triple trésor comme elle peut et demande pitié. Mais lui n'entend rien que sa rage. Et ce sifflement à ses oreilles du silence trop longtemps gardé, il veut y mettre fin une fois pour toutes. La coupe a débordé, ça suffit : la vraie vie commence aujourd'hui.

Table rase donc, et voilà en trois coups les maudits bocaux par terre, les trois diables roses sur le plancher qui gigotent en glissant dans les flaques. Paul, ô Paul, qu'as-tu fait à ta mère ?

Paul enfonce profondément son chapeau sur ses yeux, dégringole l'escalier et s'en va en tapant du pied, vers les barrières, là-haut, et dans la pluie.

VI

Mais on a beau faire, ce qui a marqué nos premiers jours ne s'efface pas d'un coup de canne. C'est le fond de la mémoire, ce qui soutient la barque de vie et l'oriente malgré nous.

Ces trois mort-nés sur l'étagère du salon, ces trois fantômes tant regardés en silence, un doigt posé sur les lèvres quand la question montait du ventre, précise, pressante, Verlaine, maintenant qu'il est rendu à son terme, que sa chair nue touche le sol, en cette nuit de janvier 1896, comment ne pas imaginer qu'il cherche encore en son délire à mettre un nom, un visage aimé sur chacun d'eux, à les sortir l'un après l'autre de leur nuit, à éclairer d'un sourire leur masque grimaçant?

Ils sont là si près, comme penchés sur lui qui ne peut faire un geste. Ils sont là, ces trois corps de jeunesse qui lui barrent la route. Une fille et deux garçons. Une petite famille d'ombres à son chevet, et qui attendent de lui qu'il les ressuscite.

Ah, comme il voudrait ouvrir la bouche, Verlaine, prononcer les sésames, réveiller les petits visages chiffonnés ! Mais les forces lui manquent ; il grommelle et pleure. Pleure dans sa barbe tandis qu'à côté, lointaine déjà, indifférente au drame qui se joue, Eugénie, renversée sur sa chaise, suçote la tétine de Bacchus.

VII

Elisa !

S'il pouvait dire un nom, le gisant, sûr que ce serait celui-là. Le premier. À une lettre près, c'est celui de sa mère, Eliza-Stéphanie. À une lettre près, c'est Elisa Montcomble, la petite cousine et la « sœur » aînée. Sa petite maman-jouet à lui. Si loin déjà, là-bas, dans les brouillards de Metz.

Huit ans le séparaient d'Elisa. Orpheline, elle vivait dans la famille Verlaine qui l'avait recueillie en 1836, à la mort en couches de Catherine-Adélaïde Montcomble, sa mère et la sœur de Stéphanie.

Quand Paul vint au monde, elle était déjà là, gazouillante, penchée sur le berceau. C'est elle qui chantait et mettait des oiseaux dans les ciels gris de l'Est, elle qui habillait l'enfant de bleu, parce que c'était sa couleur, la couleur de la Vierge à qui Stéphanie avait voué Paul-Marie Verlaine en remerciement ; elle encore qui le conduisait par la main, les jours de soleil, sur l'esplanade dominant la Moselle, où la musique militaire faisait danser les robes et bruire l'or des feuilles que Paul voulait toucher.

Elle, la petite épouse du dimanche et, plus tard, quand la barbe aura poussé aux joues de Paul, l'amour impossible ; elle, l'inconnue à jamais qui l'aime et l'écoute et le console, et qu'aucune ne remplacera.

Elle, Elisa, le premier *rossignol* de Lécluse, et le dernier ; elle qui fit paraître à ses frais les *Poèmes saturniens* ; elle qui, frappée en plein repas, n'acheva pas sa chanson, et Verlaine, accouru, *fumant de pluie comme un chien mouillé*, ne la revit qu'en terre. Elle, Elisa !

Ô la première amoureuse dans les jardins qui penchent
vers l'automne, et, sous la destinée des branches basses,

le fruit lourd de nos cœurs discords déjà et mal
chanceux. Je n'oublierai jamais, Elisa, vos grands yeux

pleins de chiens aux abois, pleins de biches forcées
et de chemins rompus au beau mitan des bois

ni ce bruit terrible de vaisselle cassée, ni l'effroi
des hôtes quand, pâle dans votre robe de midi,

vous avez lancé contre les murs de l'horizon
et contre la vie même ce long déchant de rossignol

qui tombe foudroyé, tombe sans raison
dans le fouillis des nappes. Je n'oublierai jamais,

Verlaine, ton émoi ni cet essoufflement dans la tempête
qui te faisait boiter en courant sur la route

(et chaque fois que le glas sonne dans la campagne,
je te revois la face blême et les yeux fous)

Pauvre Armide sans Béatrice, toi que la bise
malmène et qui trébuches dans ton parapluie

parce que le monde est trop vaste et dur pour toi seul.
Ô veuf inconsolable, bois, oui, bois l'amère

verte de deux sous dans le coin affalé du bistrot :
Elisa, le rossignol de Lécluse n'est plus,

et son visage sous la terre que tu n'as pas revu,
qui te l'enlèvera désormais, qui, ces grands yeux verts

et cette bouche faite pour les baisers, qui
pour t'en distraire l'âme un peu, sinon cet ange

furieux, la *petite crasse* de l'Ardenne poitrinaire,
Rimbaud, le point noir du soleil sur ta face

et le poing de ton cœur sur la table à jamais
indécis et qui tremble ? Pauvre Lélian, vois

ce brin de paille dans le torchis des rêves, c'est toi,
toi jusqu'à ce que la mort, cette gueuse plus forte

t'enlève aux bras des gourgandines pingres.

VIII

Le deuxième est un beau diable qu'aucun bocal, fût-il de Fampoux, n'aurait pu retenir. C'est lui qui tient toute la route par la bride. On raconte qu'il a laissé une jambe à Marseille et des affaires en plan de l'autre côté de la mer.

C'est un escogriffe de première bourre avec encore du lait séché derrière les oreilles ; une petite frappe au visage d'enfant de chœur qui aurait trop dormi dans les foins, mais l'heure est définitivement passée pour lui de servir une autre messe que celle des blés en plein midi.

Il a perdu son prénom sur les routes comme Poucet ses cailloux de pain blanc. L'enfance lui a durci le cœur comme un poing et ses yeux sont de l'azur qui coupe, comme les vers qu'il a laissés.

Rimbe !

Un grognement du gisant Verlaine laisse entendre qu'il revoit la scène du 15 septembre 1871 dans le salon de Mme Mauté, la mère de Mathilde, sa toute jeune femme.

C'était juste en rentrant de la gare de Strasbourg, aujourd'hui gare de l'Est, où Charles Cros et lui avaient en vain attendu Rimbaud. Ils avaient trouvé la *chère grande âme* sagement assise au salon, boudeuse, ses mains de boucher posées sur les genoux.

Mais c'est la tête de sa belle-mère surtout qu'il se rappelle. Elle faisait plaisir à voir. On aurait dit qu'elle venait d'essuyer une tempête, alors que c'est à peine si elle avait frôlé la queue de la tornade qui se préparait. Ce voyou du Nord, décidément, ne lui disait rien qui vaille. D'un œil, elle surveillait ses bijoux, ses colifichets de bourgeoise, de l'autre, elle souffrait pour sa fille.

Quant à son gendre, Verlaine, déjà il ne savait plus ce qu'il faisait ici parmi les canapés, ni qui étaient ces gens à l'entour, et cette poupée sortie de quelle bonbonnière, Mathilde, sa jeune épouse, ce qu'elle pouvait bien lui vouloir avec ses yeux ronds et ses petits mouvements de lèvres.

À ce moment-là, pour lui, il est déjà trop tard, et c'est comme s'il était parti. Qu'est-ce qu'une petite épouse à côté de la houle qui le tire et le pousse, et qu'est-ce que la routine confortable à côté de la route promise, cette vagabonde où tous les coups sont permis, qui « épuise tous les poisons, pour n'en garder que les quintessences ».

Tous les coups, et rien pour les empêcher de pleuvoir sur tes *amours de tigres*. Rien, ni les baisers, ni les promesses, ni la fuite éperdue. Cet ange blond, Verlaine, t'aura mené jusqu'au bout à la baguette. Et maintenant que tu gis sur le sol, avec quel plaisir tu les souffrirais à nouveau ses méchants coups de canif sous la table, et ses insultes, et ses ricanements, et la prison de brique même, pourvu que te soit rendu cet enfant du diable qui t'a griffé le cœur comme personne. Cela qu'aucun rimbaldolâtre ne supporterait plus d'une heure, ce chemin de croix plein d'extases et de tourments, te voici prêt, ô vieux *Loyola*, à le refaire sur les genoux.

IX

Le troisième fœtus a lui aussi des carottes dans les cheveux, une tête d'angelot mal dégrossi, mais il est doux comme une femme et *fin comme une grande jeune fille* : c'est Lucien Létinois.

Ce grand gaillard — grand dadais, diront les uns, petit futé, diront les autres —, ce fils de cultivateurs, qui sait *herser, rouler, faucher* mais pas tuer les poules, *c'est mon fils*, dira Verlaine, *le fils que mon cœur a élu*. Parce que le sien, le vrai, la chair de sa chair, son petit Georges, on le lui a enlevé, quand il a suivi Rimbaud, savez-vous ? On, c'est Mathilde, nature, et les Mauté, ses beaux-parents, les instigateurs de son divorce.

Quand Rimbaud est parti sans laisser d'adresse, Paul s'est retrouvé seul, à Rethel, avec la prison de Mons dans son dos. Il s'est assagi. On raconte qu'il se serait converti, là-bas, derrière les barreaux, en lisant le *Catéchisme de persévérance* de Mgr Gaume. Retour d'Angleterre où il a enseigné pendant deux longues années, il a trouvé un poste de professeur, français, anglais, histoire, au collège Notre-Dame.

Puisqu'il dort sagement chez les bons Pères après ses cours, comme un apôtre dans sa barbe, qu'il ne boit plus qu'à l'heure des repas, après le bénédicité, de ce petit rouge qui ne vaut pas le vin de messe, qu'est-ce qui empêche qu'on le lui rende, son Georges, pour une heure ou deux, dites ? Mais non, rien à faire, Mathilde, réfugiée derrière le double rempart de la loi et de la famille, joue sa *Madame Prudhomme.*

Sale petite souris, qu'elle crève !

En 1878, Lucien est son élève. *Ses dix-sept ans mutins et maigres, sa réelle / Intelligence, et la pureté vraiment belle / Que disaient et ses yeux et son geste et sa voix / Captivèrent mon cœur et dictèrent mon choix.* Verlaine lui marque tout de suite sa préférence en lui infligeant des pensums. Pour la première fois, c'est lui, le faible, qui domine. Finies les humiliations de Rimbaud et de la prison, au diable Mathilde et sa chiennerie de famille ! Voici l'homme !

Mais Lucien n'est pas de taille à endosser l'habit de l'enfant qui voulait toujours aller plus vite et plus loin que le soleil, Arthur, vous savez bien, l'enragé de *Charlepompe* et de *Stuttgarce*. Tant pis.

Tant pis, on fera comme si, dans la douceur. On ira à *Leundun*, Lucien, dans les brouillards, on ira, dis, si tes parents sont baths, on ira *vers tous les points du physique et moral univers*, et merde à tous ceux une fois de plus qui crieront Sodome!

Si la chair, à trente-cinq ans, taraude à nouveau le vieux satyre pieux, et s'il fait ou non son amant du futé dadais, qu'est-ce que ça peut bien faire? L'important est ailleurs.

Au-delà de ce délit d'amour où la tendresse est filiale et sans feinte l'innocence, il y a ce terrible besoin d'être aimé qui fait de Verlaine un être prêt à tout.

Pour Lucien, il commet l'impensable : il achète une ferme, il charge le fumier, il trait les vaches. Paul Verlaine, cultivateur à Juniville, près de Rethel. Que les rieurs rient, que les faux prophètes prophétisent et que ricanent les culs à fauteuil, Verlaine s'en moque bien. Quitte à devoir conclure au bout de quelques mois : *Notre essai de culture eut une triste fin / Mais il fit mon délice un long temps et ma joie.*

Mais à Paris, les choses ne vont pas mieux : en 1881, *Sagesse* paraît et disparaît dans un four. La notoriété du poète n'a pas résisté à l'absence : Verlaine ici n'est plus rien, pas même un simple employé de mairie, sa demande de réintégration à l'Hôtel de Ville de Paris vient de lui être refusée.

Lucien travaille à Ivry, Verlaine, qui habite Boulogne, l'attend chaque dimanche à la gare d'Auteuil. Un matin d'avril 1883, il apprend l'affreuse nouvelle : Lucien, le cher enfant, vient de succomber à la fièvre typhoïde qui l'a terrassé quelques jours plus tôt. Il avait vingt-trois ans. *Mon fils est mort!* s'écrie-t-il, *mon fils est mort, hélas!*

Après l'enterrement, le pauvre « père adoptif » s'enfuit dans les Ardennes, s'enfouit au lieu-dit Malval, près du Coulommes cher à Lucien, et consacre au disparu le meilleur de sa plume. *Amour* est né, auquel il ajoutera des poèmes anciens ; il paraît chez Vanier en 1888.

Mon pauvre enfant, ta voix dans le bois de Boulogne!

X

Voilà, tout est fini, ou presque : Verlaine sur le carreau a rassemblé ses morts.

Les trois bocaux ouverts dans la mémoire ont laissé s'échapper l'esprit-de-vin, et chaque visage, ayant pris voix dans le poème avant le mélange de la terre, a retrouvé sa place dans l'histoire de Paul : Elisa, Arthur, Lucien, *Ô mes morts penchés sur mon cœur (...) Il se fait temps qu'aussi je meure.*

Verlaine, qui n'a pas bougé d'un cil, fixe à présent le portrait de son père. L'œil du capitaine, resté intact sur la toile lardée de coups de canif, l'œil qui le regarde est tendre, accueillant même, comme s'il avait tout pardonné à son fils. Et Paul enfin peut entendre, derrière le bon géant ardennais, la forêt de sa race cachée qui lui parle et l'invite à entrer.

UNE INFUSION DE VERLAINE

I

Bertrix, 7 janvier 1804. L'homme qui vient de rouler dans la neige d'Ardenne ne sait pas qu'il est ivre mort. Des passants se sont précipités pour le relever, il les a repoussés, insultés.

C'est Henry-Joseph Verlaine, le grand-père de Paul. Il est notaire ici, dans ce gros village belge et gris où l'ardoise triomphe, qui nourrit mieux son homme que la terre.

Hâbleur, tonitruant, Henry-Joseph est connu pour ses colères et pour ses cuites. C'est à ces dernières, du reste, qu'il doit d'avoir été déplacé sur cette ancienne « terre franche » du Luxembourg où il s'ennuie ferme.

Révolutionnaire en 1789, il est jacobin sous l'Empire.

Sa femme et ses trois enfants, Louise, Nicolas-Auguste, Julie, redoutent de le voir rentrer, chaque soir, rue de Burhaimont, sale et saoul, jurant et gesticulant comme un forcené.

II

La rue de Burhaimont est en pente, il n'y a qu'à se laisser aller. Henry-Joseph Verlaine quitte souvent son étude bertrigeoise : un notaire a toujours quelqu'un à relancer, des tas d'affaires qui traînent. Il faut battre le fer tant qu'il est chaud.

La marche à pied aussi donne chaud. Sur la place, les estaminets fourmillent autour de l'église de schiste. Henry-Joseph entre au Café belge où l'on sert dans l'arrière-cuisine du genièvre et de la gnôle.

Les heures passent vite et le notaire parle de plus en plus haut. Sous ses épais sourcils de crin noir, ses yeux gris-bleu piquent comme des épingles. Bonaparte est son papillon préféré, il en prend aujourd'hui pour son grade : un sacré voleur, qu'il crie, un sacripant, un *jeanfout'*!

Toutes les oreilles ne sont pas des murs, il s'en faut, mais il y en a quand même dans la salle qui se retournent, et s'ils ne peuvent apercevoir le visage piqué de vérole et la barbe broussailleuse du notable, ils reconnaissent bien sa voix. « Devrait penser à ses gosses, le Verlaine, et fermer son clapet ! »

Cette remarque-là n'ira pas jusqu'à la préfecture, mais elle fait des petits en silence. Judas, assis près de la fenêtre, est sorti à la dérobée.

Henry-Joseph, complètement noir à présent, crie qu'il s'en balance, de sa marmaille, et de sa bonne femme, et de l'étude, et de Napoléon !

Il boit à la bouteille et insulte les mouches.

III

Louise, Nicolas-Auguste, Julie ne reverront pas leur père. La maréchaussée l'a ramassé dans le caniveau et jeté sur la paille humide de la maison d'arrêt de Luxembourg, où il attend d'être jugé pour « faux en écritures authentiques ».

Le pot aux roses notarial a été découvert lors des enquêtes menées à Bertrix, suite aux injures proférées en public contre l'Empereur.

Henry-Joseph attend.

Il vocifère contre tout et tous, puis s'effondre d'un coup et pleurniche dans sa barbe emmêlée.

Grelottant, il réclame une goutte de genièvre.

C'est le sieur Dutrieux, médecin des prisons, qu'on appelle au chevet de ce braillard de trente-six ans qu'on maîtrise à grand-peine sur sa paillasse. Il prescrit une tisane.

Camomille, verveine, euphorbe, fumeterre ? allez savoir. Toujours est-il que le corps ne résiste pas à cette boisson étrangère.

Henry-Joseph décède le 5 ventôse de l'an treize ou 25 février 1805, d'une crise aiguë d'apoplexie.

S'il est vrai, comme on l'affirme, que verlaine s'emploie pour verveine dans le patois de Liège, Henry-Joseph est mort d'une infusion de verlaine.

IV

D'une infusion, deux coups. Le premier emporte Henry-Joseph et son beau désordre ; le deuxième ouvre à son fils Nicolas-Auguste un nouveau monde, d'ordre et de piété.

Recueilli avec ses sœurs par ses grands-parents maternels, cultivateurs à Jéhonville, non loin de Bertrix, il fait connaissance avec un de ses oncles, lui aussi prénommé Nicolas, qui a choisi le métier des armes et le quittera en 1821 avec le grade de lieutenant-colonel.

L'enfant est séduit, il veut un sabre et un bel uniforme, il les aura.

Il marchera droit, en cadence, et jamais ne lèvera le coude. Il épousera une femme solide et droite qui lui donnera de beaux garçons qui marcheront droit, en cadence, et qui jamais ne lèveront le coude.

À sept ans, les contes de fées sont invincibles.

À vingt-cinq, s'ils tiennent toujours, ce ne sont plus des contes, c'est un miracle : Nicolas-Auguste est nommé lieutenant de deuxième classe au premier régiment du Génie des armées de l'Empire.

À trente-trois, le beau prince rencontre la belle au bois dormant et l'épouse. Elle s'appelle Eliza-Stéphanie-Julie-Josèphe Dehée. C'est une fille solide et droite, mais ses trois premières couches sont un échec. Tout était trop beau.

À quarante-six ans, il se reprend à y croire : un garçon, qu'on prénommera Paul, vient illuminer la route du capitaine Nicolas-Auguste qui se remet à rêver, oubliant sa verveine.

Le malheur avec les infusions, c'est qu'à force d'infuser, elles se dénaturent et ont souvent sur l'organisme un effet contraire à celui qu'on attendait. Jaunes et lénifiantes au départ, les voici vertes et toxiques.

Paul, que l'uniforme et le sabre impressionneront durablement, Paul, l'enfant trop attendu et trop gâté, oubliera vite la cadence, et ses chemins à lui iront tout de travers à jamais.

V

Je suis un féminin, confie Paul, en 1889, à son ami le peintre Cazals, *ce qui expliquerait bien des choses!*

Stéphanie espérait une fille, et c'est un garçon qui est arrivé, un petit Paul. À quoi l'on s'est empressé d'ajouter : Marie. Paul-Marie Verlaine.

Il a des boucles blondes comme tous les petits bruns, des boucles abondantes comme tous les futurs chauves.

Une de ses premières photographies nous le montre en robe. Stéphanie l'appelle : Ma petite cocotte, son père : Mon lapin.

Le lapin est soyeux comme un cochonnet, il en a la laideur attendrissante et pitoyable, mais ses parents ont des écailles sur les yeux, et l'adorent.

Vous voyez la face camuse, les yeux mongols ; eux s'extasient sur le rose des joues, l'intensité du regard, et ce petit nez-qu'il-pleut-dedans, si ce n'est pas mignon, et ces lèvres rouges et goulues, l'expression qu'elles vous ont pour dire maman !

Petit Paul ne sera pas dupe très longtemps et, dès que le poil lui aura poussé, il couvrira ce masque sous une barbe hirsute et sale.

Car il a besoin de paraître viril, d'être digne de son nom latin : *Virilis* ou *Virilius* et d'être aimé, d'être aimé comme un homme ! Comme son père.

En attendant, Paul-Marie vit dans le cercle des femmes, entre sa mère, sa cousine Elisa et la bonne qu'il tourmente de ses caprices. En attendant papa, il régente la maisonnée par ses cris et ses pleurs et fait donner sa garde sur le tapis, tous ces soldats de plomb, bruyants et féroces, des hommes sans merci qui renversent les tisanes et font plier les dames.

VI

Paul a dix-sept ans, de gros sourcils, un nez à la retroussette et une tête carrée au large front dégarni. Dans la fumée du cabaret parisien où il boit attablé parmi les filles, on le prendrait sans peine pour le frère jumeau d'Henry-Joseph. Il vous lève le coude comme s'il avait fait cela toute sa vie, et vous épingle de ses petits yeux chinois comme un papillon.

C'est à peine pourtant s'il en a entendu parler de l'aïeul. Il dira seulement *Ma famille paternelle est de vieille souche ardennaise.* C'est tout. Son capitaine de père, orphelin de trop bonne heure, ce qu'il lui en a dit tiendrait dans un dé à coudre. Et pour cause, ses seuls souvenirs sont des cris et les pleurs de sa mère.

La famille d'adoption a fait le reste : motus et bouche cousue, la grand-messe, les vêpres et le salut, amen. Et du sirop d'orgeat dans les grandes occasions. Avec ça, taiseux comme un Ardennais nature, le capitaine, on ne peut pas trouver meilleure école.

Heureusement d'ailleurs qu'il y avait des loups pour colorier les récits de la veillée, car le soir vient tôt sur l'Ardenne de schiste, et les soirées sont longues.

Des loups, il en courait aussi dans les bois autour de Paliseul. D'eux seuls, Paul se souviendra, et c'est peu dire qu'il en voit encore les ombres tourner autour de son lit d'agonie.

L'autre, le loup gris de la bergerie, le grand-père Henry-Joseph, est purement et simplement passé à la trappe. On le croyait mort et enterré : que nenni, il est ressuscité, et le revoilà, assis derrière la vitrine du Café du Gaz, à siroter sa verte en regardant la lune tanguer sur les arcades de la rue de Rivoli.

VII

Bon sang ne saurait mentir.

Ni les beaux galons du capitaine, ni ses épaulettes et son *bicorne à plumes tricolores*, ni *ses décorations d'Espagne et de France*, ni son épée, rien ne saurait effacer tout à fait les grands chemins noirs et retors où la lignée Verlaine a semé ses fantômes. Et ce ne sont pas les longues veillées chez les tantes pieuses et pincées qui pourraient brûler dans l'âtre la mémoire des nuits de rixes, le sang et l'alcool sur les cartes pipées, et la marque des fers aux poignets, aux chevilles des ancêtres.

Non, car il y a le sang.

Le sang est le chemin le plus sûr des fantômes ivrognes. Il court la nuit sans qu'on l'entende et fait chavirer les rêves. Il court avec la pluie dans les grands bois pleins de loups noirs. Il monte dans l'absinthe qui est verte comme les pâturages perdus et comme l'enfance qui se brise contre les murs des villes ; il pleure, il pleut et cogne et cogne aux tempes du gisant qui frissonne.

Paul n'a jamais rien su de ses origines, de la noblesse bâtarde de sa race et qu'il pût descendre, par Dieu sait quel détour, de Guillaume le Conquérant, rien de moins ; qu'il avait eu des armes, un blason : de gueules à deux léopards d'argent l'un sur l'autre, armés et couronnés d'or. Qu'un Gilles de Verlaine ayant cheval et terres de seigneurie, s'était fait, au grand dam des siens et des manants, « grand marchand de beuffs et mouttons en touttes les foires et marchiéz » ; qu'un Jean Verlaine avait été roulier du chemin neuf ; que, partout et toujours, insoucieux de leur rang, plus férus de liberté que de titres, ils avaient tout perdu en chemin, les Pierre, Jean, Colla, André-Joseph, Henri de Verlaine, tous plus ou moins cultivateurs, maquignons, menteurs, tricheurs, illustres dans la magouille, l'escroquerie et le vagabondage ; tous, à qui mieux mieux, coquins fieffés et francs buveurs, prompts à la bagarre et rebelles aux lois. Et l'un d'eux, André-Joseph Verlaine, comme pour préparer la voie à celui qui glorifierait un jour son nom, ira même séjourner quelque temps au dépôt de mendicité de Mons, *le meilleur des châteaux,* dira plus tard Verlaine. Paul, bien sûr, qui tant aimait, lui, à se parer, en toute innocence et ironie, de noms ronflants, à particule : *Paulus de Berlanensibus*, par exemple, pour ses lettres à son ami Charles de Sivry ; ou encore, pour son deuxième volume de vers, *Les Amies*, publié sous le manteau : *le licencié Pablo de Herlagnez*.

Bon sang ne saurait mentir.

VIII

Quoi qu'il fasse, Verlaine a l'Ardenne infuse. Elle coule dans ses veines comme du petit lait, pas blanchâtre, ni bleu de Marie, comme voulait sa mère, mais verte et sombre comme le schiste sous la pluie.

À cause d'elle, il préférera toujours le Nord au Sud et ses errances ne le porteront pas au-delà de la Loire.

À cause d'elle, ses grandes amours seront ardennaises : Rimbaud, Lucien Létinois, et les dernières rivales, Philomène Boudin et Eugénie Krantz qui ont l'accent. *Que voulez-vous*, disait-il en parlant de la première, *lorsque je l'aime, il me semble entendre les cloches de mon pays.*

À cause d'elle aussi, cette admiration pour Marceline Desbordes-Valmore, la petite théâtreuse douaisienne qu'il mettra dans ses *Poètes maudits* : *D'abord* (elle) *était du Nord et non du Midi, nuance plus nuance qu'on ne le pense. Du Nord cru, du Nord bien (...), — et ce nous plut à nous du Nord cru aussi, — à la fin !* Et il enfonce le clou, avec une sorte de joie méchante, comme s'il avait à prendre une revanche sur ce *Midi toujours cuit* : chez elle, dit-il encore, *rien de l'emphase, rien du « toc », rien de la mauvaise foi qu'il faut déplorer chez les œuvres les plus incontestables d'outre-Loire.*

L'Ardenne, c'est encore et toujours là que, fuyant *le bagne parisien*, il viendra se refaire une santé, se consoler d'un chagrin, reprendre goût à l'amour et à l'amitié.

L'Ardenne infuse, c'est du bon sens paysan à revendre, et de la verdeur verte ; c'est le front rembruni du taiseux, l'œil du maquignon, la sourde violence du taureau. C'est aussi la placide indifférence de la vache, l'ondulation des coteaux sous le vent, la longue laisse des plateaux que module la pluie, le balancement des sapins noirs et *l'interminable ennui de la plaine.*

Et c'est de là, bien sûr, des mouvements contrastés et vagues à la fois de cette terre qui l'habite comme l'exil, de cette rencontre en lui du féminin et du viril, de la fragilité et de la brute, du schiste et de la pluie, que Verlaine tirera la native et sensuelle musicalité de son vers, sans égale dans la poésie française.

L'Ardenne, c'est encore ce besoin comme instinctif, quand il était en verve ou plein de colère, d'en causer le patois, bien qu'il le massacrât allégrement, mêlant l'accent belge au picard avec la gouaillerie un peu crapuleuse de la zone. C'est ainsi qu'il lui arrivait, imposant *silince* après la troisième *verte,* de se lancer dans des défenses en règle de sa langue, car, sacrenom, *le belge ne serait-il pas tout bonnement un français du terroir non sans ses saveurs particulières et ses tours très souvent, pour ne pas dire plus, gentiment naïfs ou joliment narquois?* Alors, content de lui, son œil gris-bleu s'allumait et il frappait la table du poing ou de la canne, assurant, matois comme un vieux cerf : *Y' est yauque ladelé, y' est yauque!* Et comment, qu'« il y a quelque chose là-dedans! ». Quelque chose de si fugitif, de si impondérable que seul le poème peut le faire passer.

Allez, bistrot, ressers une verte, puisque tu n'as pas de gnôle comme là-bas!

Ô verre verdoyant des étangs
où, calmes, les loups gris s'en allaient
boire la nuit, et leurs grands yeux blancs
signaient l'ombre comme en un ballet.

Verlaine, et qu'importe le décor,
c'est toujours l'enfant frêle et rêveur
qui ne peut faire barre de son corps
à ce qui monte en lui, et qui pleure.

C'est le vent du Nord qui le déchire
ou le schiste ouvert comme un canif,
ou c'est la plainte encor, le délire
du grand cerf blessé, qui met à vif

son âme gamine et qui s'ignore
comme tous ceux qu'un pays traverse
et qui ont beau marcher, leur effort
reste vain, et la nature verse

en eux le sang vert d'un lent poison,
plus lourd que toute mémoire et puis
plus long à mourir que la chanson
nue des blés sous les doigts de la pluie.

Ô fée verte d'ici, que n'es-tu
la belle qui ramène, naïve,
l'alme douceur à ce vieux têtu,
couché sur la table, qui dérive ?

IX

Des bocks mousseux du grand-père à *la fée verte* du petit-fils, le chemin, après un petit détour de paternelle sagesse, a rejoint la grand-route de la mistoufle et *des quignons*. Et cette silhouette claudicante et lourde qui sort du Procope, c'est la réplique parfaite de l'ombre du notaire titubant dans les rues de Bertrix.

Nombreux d'ailleurs sont ceux qui croiront rêver quand Paul, errant fin saoul dans Paliseul, engueulera la ténèbre parce que la maison de la tante Louise n'est plus à sa place.

Comme il est loin déjà le petit citadin pâle et timide que chaque été ramenait dans l'Ardenne comme au paradis. Loin le galopin vite devenu qui pêchait la truite d'argent dans la Semois et chassait le loup avec son père sous les hautes futaies.

Quelques années à peine ont suffi, une puberté précoce et gourmande, un goût marqué pour les propos scatologiques, les yeux béats de la mère et sa bouche indulgente pour faire du petit campagnard un pilier de bistrot, *l'Adamastor des cabinets d'aisance, le Jupiter des lieux bas.*

Avant même d'enlever en 1862 son titre de bachelier ès lettres, Paul a pris goût aux brasseries estudiantines. *La première fois que j'ai bu,* écrit-il dans ses *Confessions, je pouvais en effet avoir dans les dix-sept, dix-huit ans… Et, non sans lutiner les filles de là-bas ni sans les bousculer dans les granges et vers les meules, je me saoulais carrément sous le vain prétexte que ça faisait pisser.*

Les estaminets et les tavernes pullulent sur les routes du Nord. La grosse bière flamande y voisine avec le genièvre à un sou le verre et la « bistouille » flamboyante, ce mélange de café et d'eau-de-vie qui brûle la gorge et décercle les yeux.

Verlaine, la lippe goulue, est de toutes les kermesses, de toutes les ducasses. Voilà son Nord, sa boussole arrêtée : le cabaret graillonneux et enfumé où les rêves s'allongent et font passer son *gueusard de physique* avec les premiers vrais chagrins d'amour.

X

Car c'est une autre infusion qui attend Verlaine, après *l'Heure verte* qui tant soulage des fatigues du bureau et de la paperasserie. Une tisane *douce, pensive et brune et jamais étonnée.*

On l'appelle Mathilde. Mathilde Mauté de Fleurville, pour tout dire.

Verlaine, lui, ne se doute encore de rien. Il dort tout habillé, en travers de son lit, le haut-de-forme de lasting vissé sur le crâne et les chaussures aux pieds, rêvant de ce visage qui le suit partout et dont il a accroché la reproduction près de son lit, un visage de vierge frisonne, pâle et sensuelle : Saskia.

LA MORT DE LA VIERGE

I

Saskia n'a que vingt ans quand elle rencontre Rembrandt Van Rijn, le fils du meunier. Il a peint déjà plusieurs scènes de l'Histoire sainte et sa mère et son père d'après modèle.

Elle vient de la Frise froide et lointaine, mais elle lit et écrit comme une noblesse d'Amsterdam.

D'un seul coup, le corps féminin entre dans l'orbe du pinceau et dans la vision du peintre. Saskia est rondelette, elle a une chair très blanche, appétissante à vous tourner les sangs. Des seins lourds, des yeux noisette et une chevelure de feu. Rembrandt tombe amoureux tout de suite. Ils se marient sans attendre la sixième lune.

Rembrandt apprend à ses élèves les proportions du corps, qu'une croupe de femme se peint les yeux fermés, que les seins sont une vague qui roule et se dérobe au regard du mauvais danseur. Car peindre une femme est un exercice d'équilibre dans le chaos.

La bonne chair, et la bière et le genièvre aiguisent son palais, et sa palette. Décuplent ses nuits, brûlent ses journées. Le voilà ivre comme un moine et sobre comme un incendie. Il veut tout. Tout voir, tout savoir, tout comprendre.

Saskia donne le sein à un enfant, il les croque vifs. Elle devient Artémise et Sophonisbe, elle est Flore et la Vierge dans tous ses états. Elle est le jour avec lequel il fait de la nuit, elle est la nuit avec laquelle il fait du jour.

Maître, écrira Verlaine, *je vous salue en toute humilité. Moi aussi, j'essayai autrefois de faire du clair-obscur. Je n'y renonce pas. Mais votre âme, voilà ! Tels, nous, avec cette âme-ci. Et je dis ou plutôt je crie : merveille !*

Mais Saskia s'épuise, Saskia maigrit, Saskia s'alite et Rembrandt la suit pas à pas, renouant les figures qui se disloquent. Il grave, peint ou dessine comme on se noie.

Saskia malade est une eau-forte si juste, si douloureuse qu'il ne peut la terminer.

Quand la tuberculose emporte Saskia, Rembrandt, à son chevet, laisse la main du peintre continuer toute seule le dessin sur la feuille. Il est saint Jean, elle est la Vierge. Leur dernière danse, *La Mort de la Vierge*, éternise le combat des ombres avec l'ange de lumière.

Il y a maintenant trois siècles et des poussières de cela, mais pour Verlaine, c'est aujourd'hui. Reposant doucement la gravure près de son lit, il surprend son visage dans le petit miroir doré : une tête de vieil enfant, les yeux pleins de larmes, tel Rembrandt dans les bras retombés de Saskia.

II

C'est un œil avant toute chose, Verlaine, un œil perçant qui vibre et qui écoute. Un œil de vin lourd qui sent, qui s'attarde et qui palpe, et qui, d'un coup, ravit sa proie comme une fleur au talus. Il l'a dit lui-même dans ses *Confessions : Les yeux surtout chez moi furent précoces.*

Dans son visage sans beauté, seuls vivent les yeux, tantôt tendres, brumeux, tantôt durs et sombres. Des *yeux de Japonais exilé*, dira d'abord Mathilde, mais, dès leur première entrevue, *son regard, habituellement luisant et noir, était devenu câlin et doux en me regardant.*

Saskia a touché en lui une fibre ancienne. Depuis qu'il possède cette eau-forte de Rembrandt, Verlaine refuse de s'en séparer et l'emporte dans ses bagages. À Paliseul, à Fampoux, à Paris, aux Batignolles, et jusque dans la « bonbonnière » de Mathilde. Rimbaud seul la lui fera oublier dans sa fuite. Mais il n'aura de cesse, quand le divorce, des années plus tard, sera prononcé, de la récupérer, réclamant à cor et à cri qu'on lui rendît le Rembrandt.

En attendant, c'est au bordel qu'il choisit sa rousse parmi les filles à trois francs cinquante. Il a vingt-quatre ans à peine, et s'il a déjà beaucoup lu, sa chair n'est pas triste. Mais sa « laideur intense », comme dira Lepelletier, et sa bougre de timidité ne favorisent pas les rencontres galantes. Elisa est morte, qui l'aimait, passant sur ses frasques, sa face de babouin. Et qui d'autre mieux qu'elle pourrait incarner ce *rêve étrange et pénétrant / D'une femme inconnue, et que j'aime, et qui m'aime, / (...) et me comprend?* Qui d'autre? et où la trouver? et comment?

Quand il quitte la fille, il boit sec pour oublier sa honte, et la lune en sortant n'éclabousse plus qu'une ombre qui titube. Ô Elisa, Elisa, pourquoi m'as-tu abandonné?

III

Un après-midi de juin 1869, Verlaine est monté au 14 de la rue Nicolet, chez son camarade et complice, le musicien fantaisiste Charles de Sivry. Ils sont à bavarder de *Vaucochard et fils Ier*, une farce lyrique qu'ils projettent de monter ensemble, quand la porte s'ouvre sur une jeune fille.

Du premier coup, c'est elle, c'est Saskia. Saskia Mauté de Fleurville. Saskia-Mathilde, la demi-sœur de Charles.

Surpris, interloqué, Paul en oublie qu'il est Paul. Ses yeux soudain sont des pinceaux magiques, il est Rembrandt, et la chambre de Charles est une péniche sur les canaux d'Amsterdam.

Mathilde est petite, rondelette, *en robe grise et verte avec des ruches*. Son visage tout en courbes douces dégage une sensualité qui ne se connaît pas encore.

Il bredouille.

Elle rougit.

Le coup de foudre, c'est pour lui qui n'en revient pas tout à coup d'être sans laideur dans le regard de cette enfant de seize ans.

Le plaisir de vanité, c'est pour elle qui s'étonne et s'amuse de ces yeux d'ardoise sous la pluie. Et qui minaude un peu et parle délicieusement de rien, en zézayant.

La petite pécore aime les poètes à poésies! Elle a lu déjà quelques pages des *Fêtes galantes* qui viennent de paraître, et elle n'y a vu que du feu sous le faste des crinolines. Elle qui se pique de fréquenter les artistes et boit le lait des petits maîtres n'a pas senti la tristesse de Watteau sous les masques, ni deviné ce que cachent les nus de Boucher et de Fragonard derrière les buissons et sous l'œil des statues : la mélancolie, l'amertume et le froid de la mort. N'importe. Elle veut être Colombine et ne songe plus déjà qu'à s'embarquer pour Cythère.

Verlaine, lui, palpe l'air alentour et flaire l'odeur de la jeune chair. Il a tout vu en un éclair, déshabillé le corps, tâté la croupe et soupesé le sein. Pas un grain de peau, blanche et rose, pour lui échapper. Le voluptueux s'y retrouve, qui sait de quelle étoffe sont faites les jeunes vierges.

N'empêche, sous le macfarlane pisseux, l'âme embroussaillée du poète a frémi.

IV

Sans cet être presque de raison, qui symbolisait à mes yeux déjà flétris de toutes sortes de vues pas bonnes, mais perspicaces encore toutefois (mes yeux!), cette chose presque impalpable, mais qu'on sait qui ne mûrira qu'en la femme désirable plutôt par le cœur et l'esprit qu'aux sens trop peu difficiles, eux : la Jeune fille dans la gloire rose de sa mystérieuse candeur, sans elle, que serais-je devenu, que serait-il advenu de moi, pauvre Lélian déjà dégringolant l'escalier les mains vides et l'âme ouverte à tous les courants d'air?

Maintenant que la rue Nicolet est devant lui comme la mer, il ne voit plus rien, et c'est comme s'il perdait pied dans un rêve trop grand pour lui. Il est à jeun pourtant, ou presque. Son cœur bat à tout rompre, il s'accroche à la grille et s'y empalerait volontiers pour vérifier qu'il ne rêve pas, que l'ange Mathilde qui vient de lui apparaître n'a rien à voir avec ces maudits fantômes autour de lui qui recommencent à danser sous la lune.

Ah ! comme ce serait doux, une route toute droite et qui le porterait sans l'éloigner un seul instant de sa vision. Mais où est-elle, où ?

V

Où ? oui, où aller maintenant, et vers quoi, et pour quoi, puisque le voici sans usage hors de l'*être de lumière* qui lui a tout pris ?

À cette heure, le passage Choiseul n'est plus qu'un grand trou noir, et le Parnasse contemporain a vécu. Adieu donc Nina de Villard qui fus reine en ton salon de la rue Chaptal, adieu Dierx, adieu Banville, adieu Coppée, adieu déjà ! L'ancien Verlaine est mort, vive le Verlaine nouveau ! Voici le temps où le temps s'annule, l'éternité vient juste de commencer.

Au café du Delta où il a donné rendez-vous à Sivry, il revoit l'apparition de tout à l'heure et en oublie sa verte sur la table. C'est Charles qui n'en revient pas de la transformation de son ami : pour la première fois, le sucre est resté intact dans la cuillère ajourée, et l'absinthe dans le verre de Paul qui est aux anges.

VI

Verlaine part le lendemain, sans un mot, pour Fampoux, chez son oncle Julien Dehée. Las, seul, il a vite fait de s'ennuyer. L'envie de ne rien faire, ni lire ni écrire.

L'eau de la rivière où il pêche a de trop troublants reflets pour qu'il demeure assis. Il lui faut marcher, oublier en marchant qu'il est seul. Le chapeau de paille enfoncé sur les sourcils, son bâton d'épine à la main, il franchit allègre et rageur les vingt kilomètres qui le séparent d'Arras et ne reprend son souffle qu'assis dans le premier café de la ville.

Et ne reprend sa voix que dans le second.

Sa gaieté qu'au troisième. Sa force, au cinquième. Sa colère au dixième.

Excité comme cent mouches d'orage, il entre alors dans la maison des femmes et, les voulant toutes en même temps, il saisit par la taille la plus grosse, la plus laide, et, l'emportant dans la chambre, terrasse en lui d'un coup la bête sur la paillasse qui fume.

VII

Quand il se réveille, c'est déjà demain. Il ne sait plus rien d'Arras, ni comment il a rejoint la maison de Fampoux. La tête lui pèse. S'il a dormi, c'est en travers de lui-même, et personne ne passe. C'en est fini des ombres, des fantômes et des hallucinations. Il y a quelqu'un là, tout près, qui fait barre sur sa vie, et qu'il ne peut pas atteindre.

Il se lève. C'est l'aube d'un jour blanc comme la feuille qu'il cherche dans l'écritoire, fébrile. Le coq n'a pas encore chanté, mais Paul a déjà trahi plus de trois fois celle qu'il aime.

Il écrit à Charles ce qu'il a vu chez lui, rue Nicolet, l'éclair qui l'a frappé sur son chemin de Damas. Il dit qu'il ne peut plus attendre et fait sa demande en mariage aux Mauté. Prière à Sivry de la faire recevoir, il compte sur lui, et de répondre par retour du courrier.

Huit jours à peine, mais c'est comme s'il n'y avait qu'un jour par année, et huit ans dans une vie comme la sienne, c'est déjà l'éternité.

Une simple entrevue, mais ce qu'il a vu dépasse infiniment ce qu'il avait espéré.

Quelques mots banals, et c'est tout de suite le susurrement *des voix chères qui se sont tues,* c'est le rossignol Elisa tout ensemble et Stéphanie dans la chambre de Metz, et c'est, avant même de l'avoir connue, la voix de l'ange terrible qui fragilise toutes les voix comme un vase de Baccarat au passage du train.

Huit jours à peine, deux trois mots bredouillés dans l'encadrement de la porte, un regard de Rembrandt et d'impénitent voyeur à la fois, il n'en a pas fallu plus à l'enfant perdu qu'il était pour sauter dans son propre cœur à pieds joints, comme dans une énorme flaque où tout le soleil de l'été 1869 se ramasse.

Impossible de rien faire pour passer à côté. Mais gare, gare aux éclaboussures !

VIII

N'importe si la réponse de Sivry, quand elle lui parvient, est encore un peu vague. C'est un vin léger qui pétille et lui fait monter d'un coup tant de vers frais à la tête qu'il en divague. Voici les poèmes un à un qui s'écrivent tout seuls tandis que le cœur frappe en cadence sa monnaie d'images. Voici *La Bonne Chanson* qui s'avance et qui s'en fiche bien de couler comme l'eau, sans grimace ni effort : c'est la voix pure de l'enfant qui demande un baiser.

Une fleur dans un canon, dira le vieil Hugo qui s'y entend en formules tonnantes, et prophétiques.

Des fleurs quand même, à pleines brassées, des simples et des sauvages, des renoncules des prés et du myosotis des bois, des ancolies, des passiflores, il n'a qu'à se pencher sur son cœur, Verlaine, pour en ramasser.

Quant à l'obus, patience ! Il viendra bien assez tôt s'abattre sur les roucoulements.

IX

En attendant la photographie promise par Mathilde — *Debout, le regard droit, en cheveux; et sa robe / Est longue juste assez pour qu'elle ne dérobe / Qu'à moitié sous ses plis jaloux le bout charmant / D'un pied malicieux imperceptiblement* — Verlaine rêve tout haut, les yeux perdus *parmi les yeux aimés*, rêve au pied de l'eau-forte de Rembrandt, où Saskia se meurt ; rêve perversement à la petite absente aux yeux d'amadou sous les longs cils noirs et qui battent ; rêve aux promesses de la jeune chair, grasse un petit, *Ô grasse en des jerseys de poult-de-soie.*

Rêve et boit la tisane Mathilde à petites lampées. Boit le rose des billets tout de candeur et de naïveté. Rêve et boit jusqu'à plus soif.

Car Mathilde est partie pour trois mois près d'Argentan, en *Neustrie*, et c'est le bout du monde. Et c'est le bout de soi que de devoir attendre trois mois son retour et sa main.

Il y a tant de bistrots le long d'une pareille attente, et Paris en ce juillet 1869 est un tel four qu'il ne résiste pas à l'ombre rafraîchissante.

Qu'est-ce que c'est après tout qu'une petite entorse à un contrat qui n'existe que sur la langue, et qui en saura jamais rien ? L'ami Lepelletier lui-même est alité, alors ?

Paul peut écrire en toute tranquillité à Léon Valade *J'ai renoncé à toute griserie et à tout voyage phallique à Arras; je veux la mériter*, personne ne viendra le contredire.

Aussi, le *fauve lion* rugit-il à son aise chaque soir hors de sa cage d'expéditionnaire à l'Hôtel de Ville de Paris. Sa mère seule s'effraie, qui connaît les lions et comme le sien est imprévisible.

S'emparant du sabre de son père, un soir d'ivresse, le lion saute sur la pauvre Stéphanie qui n'en peut mais, criant qu'il va la tuer et en finir avec lui-même après. Car tout lui manque d'un coup, tout lui échappe. Il voit bien les barreaux de sa cage et que c'est Mathilde qui en a la clef, mais Stéphanie est là, qui le regarde de ses yeux agrandis par la peur et lui renvoie son image difforme.

Le lendemain, c'est la scène connue : il fracasse les trois bocaux et la vaisselle et les meubles avant de s'écrouler dans un fauteuil.

Silince ! sacrebleu, silince ! — assez !...

Et voilà le Verlaine nouveau, idyllique, *florianesque*. Mathilde, prépare ton petit trousseau.

X

La petite mort de la vierge, c'est pour bientôt, et déjà Verlaine se frotte les mains. En trépignant un peu tout de même parce que bientôt, c'est encore demain, et demain c'est toujours trop loin quand l'absinthe est à deux pas, verte comme les pâturages du Seigneur.

Car Mathilde est malade à présent, inaccessible : la petite vérole qui traînait dans Paris l'a ramassée, dit-on. Voilà le beau mariage remis aux calendes, et l'attente recommencée.

Au Café de Madrid, Paul est gris. Il crie plus fort que tout le monde *Vive la République* au passage d'un régiment de l'armée du Rhin. Pris au collet, il échappe de peu au cabanon.

Enfin, le 11 août 1870, lendemain de la mobilisation de sa classe, Paul épouse sa Mathilde, sous le regard attendri d'une autre vierge, Louise Michel, la rouge.

Voilà.

La bonne chanson est chantée. La vie commence, la vraie, celle qui n'est pas ailleurs. Pas encore.

XI

La vierge hier encore qui croyait que les enfants se font par la bouche, d'un seul baiser ardent, comprend soudain ces vers que Paul ne lui a pas fait lire, les ayant prudemment retirés du volume avant l'impression. Elle a compris enfin ces vers qu'il vient infiniment lentement de chanter sur son corps avec toutes ses mains, et ses yeux, et sa famine immense :

Quant à ta bouche, rose exquise,
Elle appelle mon baiser fier ;
Mais sous le pli de ta chemise
Rit un baiser encore plus cher…

Tu passeras, d'humble écolière,
J'en suis sûr et je t'en réponds,
Bien vite au rang de bachelière
Dans l'art d'aimer les instants bons.

La petite vierge est morte de la mort la plus douce entre les bras experts de son Popaul d'amour. Elle a pris feu tout de suite comme une meule de bon foin, et les yeux du fauve dans cet incendie n'ont jamais été plus beaux.

Tandis qu'elle parle bergère, canapé, argenterie, tentures et patati et patata, il cherche dans sa barbe le moyen d'éloigner encore la bonne, le temps de refaire *dans l'alcôve / La di-li-gence de Lyon / Trou-la-la ou…*

Car le temps presse.

Le 4 septembre, la République est proclamée et Verlaine, bravache et *patrouillote* un peu, ou s'il veut couper au bureau, enrayer la petite machinerie conjugale déjà, Verlaine se fait inscrire au 160ᵉ bataillon de la Garde nationale.

Des remparts où l'on joue à la guéguerre avec l'horizon aux « marchands de vin » où l'on s'exalte à plein gosier, le chemin est court et va tout seul. C'est une bien autre affaire pour rentrer à la maison.

Aux premières larmes sur le visage poupin succèdent les premiers tirs qui froissent le petit ménage et cassent la belle dînette. Et le reste s'ensuit comme la charrette suit le pas du bœuf : *la première claque*, la fuite de Mathilde, les retrouvailles d'une nuit, les cris, les coups.

Quand l'énergumène de Charleville débarque, tout est paré pour le massacre. Ou presque.

XII

On n'attend plus qu'un spectateur. Il arrive, le 30 octobre 1871, huit jours après un petit *colloque sentimental* qui a tourné à l'aigre, et Mathilde, enceinte, jetée par terre, en a vu des étoiles. Le nouveau venu est un garçon qu'on appellera Georges-Auguste. Verlaine, papa tout neuf, laisse éclater sa joie.

Rimbaud, dans le garni qu'il occupe aux frais de Paul, s'esclaffe, bien entendu, et persifle. Il en a assez de tous ces *vieux cons* qui jouent sans risques les *Vilains Bonshommes* puis rentrent dans leurs pantoufles. Ce qu'il veut, c'est un frère *voyant*, un vrai *Fils du soleil* pour l'accompagner. Les Cros, les Banville, les Valade, peuh : des *pisseurs de copie* !

Verlaine, autant que possible, ménage la chèvre et le chou : il se saoule avec Rimbe et il gazouille avec Georges. Ses retours au foyer, de plus en plus tard, provoquent des scènes où Verlaine est odieux, se soulageant sur Mathilde des remords qu'il éprouve. Le petit Georges, un soir de querelle, vole dans la chambre, atterrit sur le lit, la tête contre le mur, et la chérie s'enfuit avec l'enfant à Périgueux.

La condition posée pour qu'elle réintègre les douces pénates est claire et nette : que l'énergumène de Charleville rentre chez lui. Paul s'arrache les cheveux qui lui restent, tergiverse tant qu'il peut, puis consent à la fin, le lion ne pouvant plus se passer de la brebis.

La dévoration, si délicieuse fût-elle, sera de courte durée, malgré *l'extase langoureuse, la fatigue amoureuse* et *tous les frissons des bois* de la première des *Ariettes oubliées* qu'il composera plus tard en son honneur.

Les *voluptés légitimes* manquent par trop de sel, et c'est Rimbaud qui garde la saline. Verlaine lui écrit en cachette, humble et repentant : *le « petit garçon » accepte la juste fessée, l'« ami des crapauds » retire tout, — et n'ayant jamais abandonné ton martyre, y pense, si possible, avec plus de* ferveur *et de joie encore, sais-tu bien, Rimbe.*

Rimbaud revient donc, et l'enfer s'installe définitivement rue Nicolet.

XIII

L'ange dromomane dans sa cage dorée, l'ange qui rêve et qui s'en fout du vieux Parnasse et de la muse tartare, maintenant que sa *bergère de Saxe* lui susurre de pantouflardes rengaines, que la nuit lui enfonce la lune dans la gorge et lui rentre sa colère au fond des poches, l'ange est fin prêt pour les mains énormes du voyou *aux semelles de vent.*

Un matin de commissions, Paul s'enfuit avec Arthur.

Dans sa caboche échauffée, la Mathilde d'hier, si *bien en chair* et *lente avec du chien*, n'est plus que *misérable fée carotte, princesse souris, punaise qu'attendent les deux doigts et le pot.*

La route droite était trop droite, on en connaît le bout d'avance. Autant s'asseoir tout de suite et mourir sur le tas. Mais vingt-huit ans, ce n'est pas un âge pour s'en aller tout doucement dans ses pantoufles en attendant l'heure du dîner.

Que le père Mauté rejoue *Les Assis* pour sa fille, et qu'elle prenne le relais : grand bien leur fasse ! On n'est pas du même monde. Pas vrai, Rimbe ?

Mais les *gares prochaines*, les *gais chemins grands*, les *guinguettes claires*, les *servantes chères à tous fumeurs*, ah ! *quelles aubaines, bons juifs errants* ! Si vous saviez comme on est bien, loin des horaires du *bural*, des têtes à claques, des visages de cire, des sourires fixes, loin des chichis et des breloques, de l'amour sage et des patins, loin de Paris !

C'est la vie à la bonne franquette et les mains dans les poches.

Rimbaud, *l'époux infernal*, marche devant. Verlaine suit, *vierge folle*, avec déjà son ombre qui tire la jambe et qui grogne.

XIV

En juillet, la route est d'enfance, et l'on joue, insouciants comme *deux jeunes filles / Éprises de rien et de tout étonnées.* Non, Mathilde, vous n'imaginez pas le plaisir que c'est *de cheminer loin des femmes et des hommes / Dans le frais oubli de ce qui nous exile.*

Sedan, Charleroi, Bruxelles, Malines, on *voillage*, et c'est du nanan, on dort à la belle étoile, à l'hôtel ou chez des amis de rencontre ; on fumaille en rêvant et les poèmes tournent comme les chevaux de bois. Mais c'est compter sans les remords qui viennent après boire.

Il suffit que le temps soit à la pluie, que l'herbe manque à l'horizon, qu'autour de soi l'on rie soudain dans une autre langue, pour se retrouver tout à coup seul avec des larmes qui viennent sans raison, et des souvenirs en désordre.

Pourquoi tout manque-t-il quand rien ne manque de ce qu'on a cherché ? Comme le pétale soudain tombé de la fleur, et la chambre est déserte.

Paul, loin d'avoir oublié sa *Saskia*, en redemande

et lui écrit en cachette : *Ma pauvre Mathilde, n'aie pas de chagrin, ne pleure pas, je fais un mauvais rêve, je reviendrai un jour.*

Un jour où il fera plus que jour, et le temps ne passera plus.

XV

Car c'est partir qu'il voulait seulement, Verlaine. Partir pour partir et non pas mourir. Pas mourir comme ici, *à cause d'une femme*, triste, inconsolé.

Le 21 juillet 1872, Mathilde débarque à Bruxelles, bien décidée à réveiller Paul de son *mauvais rêve*, à le ramener avec elle à Paris, après l'avoir arraché au diable ardennais.

Les effets de la jeune chair retrouvée sont assez forts pour qu'il reprenne le train de Paris avec sa mère et sa femme. Mais à Quiévrain, le poste frontière, où tout le monde descend pour le contrôle des papiers, Verlaine disparaît dans la foule. Il ne se montre sur le quai qu'une fois les portières fermées. *Je reste*, crie-t-il à Mathilde, puis, enfonçant son chapeau sur ses yeux, il s'enfuit. Rimbaud, qui l'avait suivi, attend, à deux pas, dans l'ombre, la pipe et le sourire aux lèvres.

Les jeux sont faits, rien ne va plus. La vierge meurt pour la seconde fois. Paul, quant à lui, tout à l'exaltation du moment, est un grand gosse qui ne voit rien, ne comprend rien, ne veut rien comprendre. Demain, il réfléchira. Demain, il pleurera. Demain, il mourra d'amour. Demain, il tuera Mathilde ou se tuera. Aujourd'hui, il vit, la cage est ouverte, il a jeté la clef, parce qu'il fait soleil. À la première averse, c'est à elle qu'il pensera, et des poèmes de *Romances sans paroles* à ceux d'*Invectives* qui paraissent après sa mort, le lion ne cessera plus de manger Mathilde à toutes les sauces.

En attendant, les deux fugitifs réconciliés s'embarquent, le 7 septembre 1872, pour l'Angleterre.

Mais tout ce qui s'enchaîne se déchaîne, et c'est la mésentente, les beuveries, les coups de couteau ; c'est Rimbaud de plus en plus grinçant, fatigué d'un compagnon frileux, agenouillé, indigne du *Fils du soleil* qu'il attendait de lui ; Rimbaud qui se tire vite fait et laisse à Londres un Verlaine désemparé, malade, qui appelle maman ; et puis les allers, et puis les retours jusqu'au drame de Bruxelles.

XVI

Bruxelles, 10 juillet 1873. Celui qui se retourne dans son lit, au 1 de la rue des Brasseurs, où sa mère l'a rejoint, ne sait pas encore qu'il va commettre l'irréparable.

La veille, Arthur et lui, échauffés par l'alcool, en sont presque venus aux mains pour une histoire de voyage à Paris.

Les nuits agitées ne portent pas conseil. Dès six heures, Paul est debout. Il veut un revolver à six coups pour se brûler la cervelle, l'achète, le promène sous le nez d'Arthur. Boit, reboit et se démène comme un perdu.

On connaît la suite : Verlaine tire sur Arthur, le blesse à la main, puis s'effondre en larmes sur le lit de sa mère. Dans la rue, se sentant menacé, Arthur se met sous la protection d'un agent. Interrogatoire au commissariat. Verlaine est écroué, puis condamné à deux ans de prison ferme et deux cents francs d'amende.

Ô messieurs de la police (...), courez donc sus aux malfaiteurs si vous l'osez, et laissez les poètes tranquilles. Ils ne vous regardent pas, dans les deux sens du verbe.

Bien entendu, le bouquet de fleurs dans la chambre a fané. Reste le pétale invisible sur la table, et qui brûle : Mathilde.

XVII

Quand la route d'un coup s'arrête ou tourne en rond dans une cour, quand le ciel n'est plus qu'un mouchoir de poche à rayures, collé à la muraille et très haut, l'affamé d'horizons se retourne sur son ombre et l'étrangle.

Tondu, rasé, Verlaine, *brave homme / Étonné de se trouver ici* fait connaissance avec sa nouvelle demeure. *De brique rouge pâle, presque rose à l'extérieur, ce monument, ce véritable monument est blanc de chaux et noir de goudron à l'intérieur avec des architectures sobres d'acier et de fer*, dira-t-il dans *Mes prisons.*

Béat et plein de frayeurs devant ce monde nouveau, l'enfant terrible a vite fait de rouvrir la porte au poète, de relancer, avec une allumette trempée dans du café, la route devant lui qui chante, ô *cellulairement* et comme sans façon, la vie folle d'hier et les traverses d'aujourd'hui.

Voici du temps de reste pour affiner le nouveau *système* auquel il s'essayait avant le drame : *ça sera très musical*, avait-il écrit à Lepelletier, *sans puérilité à la Poë (...) et aussi pittoresque que possible*. À monde neuf, esthétique nouvelle. C'est la première conversion. Vive l'*Impair* et au diable la rime *qui pèse ou qui pose*! L'*Art poétique* est né, *qui n'est qu'une chanson après tout*, n'en déplaise aux théoriciens. C'est l'air du pays tout d'un coup qui vous remonte au cœur, avec toute l'enfance, et ses couleurs, et ses nuances, tout ce qu'on a perdu, tout ce qu'on ne veut plus : *la Pointe assassine, / L'Esprit cruel et le Rire impur, / Qui font pleurer les yeux de l'Azur, / Et tout cet ail de basse cuisine!* Adieu Rimbaud, adieu ribotes!

Le 24 avril 1874, la vierge Mathilde est arrachée des bras du pauvre Lélian, par décision de justice. Il ne reste plus à Verlaine qu'à monter sur la croix et à embrasser le Christ. Les huit volumes du catéchisme de Mgr Gaume lui servent de marchepied. Quand il en redescend, il est doux comme la pluie, et les poèmes ruissellent de lui comme d'une fontaine d'eau bénite.

La nuit peut tomber, molle et lugubre, il ne craint plus rien, et ce n'est pas cette *Saison en enfer* qu'on lui a fait tenir, qui va le détourner de la route angélique. L'enfer, c'est fini; il en a monté et descendu les marches une à une tous les soirs tandis que l'autre, dans le grenier de Roche, faisait un feu de toutes les barrières de la rhétorique, cassait la rime et malmenait la lyre.

Verlaine a pris son bain dans les larmes, que Rimbaud fasse de même, il n'y a pas d'autre issue. Voilà bien ce qu'il se promet de lui dire à sa sortie de prison, Verlaine ; ce qu'il fera en avril 1875, à Stuttgart, sans succès naturellement.

Rimbaud conte la chose à sa manière dans une lettre à Delahaye : « Verlaine est arrivé ici l'autre jour, un chapelet aux pinces... Trois heures après, on avait renié son Dieu et fait saigner les 98 plaies de N.S. »

Ils ne se reverront plus.

XVIII

Et Rimbaud, ravalant sa rage, s'est *opéré vivant de la poésie.*

Il a craché comme un noyau sa ville grise, commercé du sable et récolté le vent du désert. Il rentre avec une maladie.

Verlaine, lui, pleure ses morts et Mathilde qu'il ne peut plus revoir.

Il reste à table avec la *sorcière verte* et montre à tous son âme froissée comme un vieux mouchoir.

Leur ménage était impossible, leur couple sans accord.

Mais cet enfer-là les sauvait de tous les *pisseurs de copie* et de tous les *salueurs de mort.*

Paris, Londres, Bruxelles, ils ont bu, chanté, sacré comme des dieux.

Mais les voyants aussi finissent par clignoter : on ne couche pas l'eau avec le feu.

Ou le feu s'éteint car l'eau est la reine.
Ou l'eau s'évapore ou, comme la peine,

se noie dans les larmes, et redevient brume, brouillard et se perd.

Et Rimbe, à Marseille qui n'embarque plus, engloutit la mer.

Verlaine demeure, comme l'eau des étangs,
au fond d'un château sans gloire, méditant.

XIX

Méditant, Verlaine se rappelle ces matins d'autrefois dans le pays d'Ardenne et comme la lumière là-haut se grisait vite. Et comment, levé de bonne heure, il écoutait son archet dans les mains de l'ombre tirer cette musique plus tendre que la mousse au pied des chênes. Et ce soleil fondu de rose, et la rosée dans l'herbe tissant comme des étoiles bleues.

S'il dort encore ou s'il rêve sur sa paillasse, dans la cellule de la prison de Mons, n'importe. Il a fermé les yeux et le voilà couché dans l'herbe, heureux, ailleurs, n'attendant rien. Il a treize ans tout à coup. La route devant lui s'est remise à marcher.

DE SCHISTE ET DE PLUIE

I

Comme chaque année ou presque depuis qu'il a quatre ans, Paul passe ses vacances d'été à Paliseul, chez la tante Louise, Louise Grandjean, la sœur de son père.

Paliseul *est à trois lieues de Bouillon* et de la Semois, *un tout petit chef-lieu de canton* des Ardennes belges, souriant comme une grisette au bal dans sa robe du dimanche. *Un joli site haut perché qui corrige l'âpreté des toits un peu trop uniformément en ardoises.* Placette ombragée autour de l'église, rues de boutiques et d'artisans autour de la place, champs, prairies et bois au bout des rues, voilà, à peu de chose près, ce qui fait le charme de cette oasis. On y accède de trois côtés par des chemins empierrés et par un petit tram à vapeur dont la ligne relie Saint-Hubert à Bouillon. C'est ce tortillard qui va gaiement à travers la campagne que Verlaine a pris cette année encore. Le front contre la vitre, il engrange sans mot dire toutes les couleurs de *son* pays au rythme du tacatam délicieux.

Ce rite du retour au pays, ses parents, devant les colères de Paul, n'osent plus s'y dérober. Il est vrai que la nature plutôt chétive du petit citadin a gagné ici en vigueur. À force de courir les prés et les bois avec les gamins du cru, de sauter les ruisseaux, de grimper les collines de schiste, Paul a pris des couleurs, du muscle et de la taille.

Son premier mouvement, à peine arrivé, est invariable : se glisser avec l'un ou l'autre de ses copains, Hector Pérot, Jean-Baptiste Dewez ou le petit Istace, dans la grange des voisins et là, contre un pilier de bois, se soumettre triomphant d'avance à l'examen de la toise.

Et c'est sur le pignon même de cette grange, aujourd'hui baptisée *Salle Paul Verlaine*, que les Écrivains ardennais apposeront en 1932 cette plaque commémorative : *Ici joua Paul Verlaine.*

II

Paliseul, septembre 1857. Celui qui, au premier rayon de lumière à travers les volets, descend sur la pointe des pieds le vieil escalier de chêne de la maison Grandjean, ne sait pas encore que la moisson qu'il s'apprête à engranger tout seul, assis derrière la fenêtre, entretiendra le feu de sa vie jusqu'au bout, ni que ses flammes disputeront un jour la meilleure place aux poètes de son temps.

Verlaine a treize ans, il vient juste de terminer sa classe de sixième au lycée Bonaparte (aujourd'hui lycée Condorcet), et les vers qu'il compose en cachette sur ses genoux tandis que l'abbé Delogne, le curé de Paliseul, lui fait répéter son latin et les *Commentaires de César*, ne sont encore que des prémices maladroites, la plupart inspirées des poètes qu'il traduit alors : Catulle, Juvénal, Pétrone, entre autres.

Son dieu, pour le moment, c'est Victor Hugo. Il lit et relit *Les Contemplations* qui viennent de paraître, et, l'année suivante, il ose lui envoyer ce qu'il appelle, comme s'il pressentait les tours et détours que lui jouerait sa route, ses *premiers pas dans l'orageuse carrière de la poésie* : un poème ampoulé, intitulé *La Mort*, mais dont le dernier vers — *Quelques larmes d'amour pour ceux qui ne sont plus* — annonce, par le choix des mots et leur alignement, le musicien naturel et inimitable qu'il va devenir.

Bientôt, ses camarades de lycée l'appelleront « maître » parce qu'il trousse le vers comme personne. Il y passe du reste le plus clair de son temps, ainsi qu'à des lectures dites « infernales » : le *Gamiani* de Musset, les *Œuvres secrètes* de Piron. Et surtout ce livre, oublié par un pion sur une chaise, et qu'il prend pour *Les Fleurs « de mai »* , d'un certain Baudelaire. Ses résultats scolaires s'en ressentent. C'est la débâcle au palmarès. S'il veut revoir Paliseul cette année, il lui faut retrousser ses manches et en mettre un sérieux coup.

III

Ah ! qui dira le bonheur d'être le premier debout dans la maison endormie, d'ouvrir les volets qui grincent un peu, et la fenêtre, de s'asseoir là dans l'air bleui du matin et de regarder immobile la rue passer en silence.

Pour une heure, Paul est le maître du monde. Son corps s'éveille avec les premiers chants d'oiseaux, ses yeux s'éclairent dans ces couleurs l'une après l'autre qui se séparent. Le ciel d'abord qui s'éclaircit la gorge sur le rasoir des toits, puis le grand tilleul sur la place, qui s'ébroue, et des centaines de moineaux s'en échappent : c'est le laitier. Déjà ? La magie cesse. Tante Louise, *sévère et toute bonté*, s'active dans la cuisine qui sent le pain chaud et la confiture.

Aujourd'hui, Paul ira avec son père chasser le loup qui rôde au bord du bois. On le lui a promis la veille pour l'endormir.

Debout devant la porte et fier comme le prince d'Orléans à Valmy dont le portrait trône au salon, piaffant comme son cheval, Paul attend, botté, la carnassière au dos, et prêt à en découdre avec toutes les terreurs de la forêt ardennaise.

Au crépuscule, quelque chose d'interlope, quand la brume descend, le retient plus longtemps dans le clos de tante Louise. C'est une traînée de gris qui confond les prés et les toits, les rivières et les routes. C'est le ciel comme une mare, et tous ses reflets qui vont dansant.

À l'intérieur, le silence des oiseaux fait place au doux murmure des choses : c'est la bouilloire dans l'âtre, le feu qui frise et grésille ; c'est le froissement des étoffes, et c'est le vent sous les portes. C'est l'heure où les petits se jettent dans les jupes et s'endorment à bout de sommeil, les yeux grands ouverts, longtemps, dans des rêves de lisières et de loups.

IV

De plus en plus solitaire à mesure que les années passent, de plus en plus gauche et timide et laid, Verlaine s'enfonce dans la mélancolie, recherchant les lieux écartés, les sous-bois propices à la rêverie, et les demi-teintes des jours de brume et de pluie fine fréquents dans ces contrées du Nord et de l'Est, aux marches de l'Empire. Les eaux dormantes où le clair mêle à l'obscur toutes les nuances du vert, du bleu, du rouge, et l'or des feuilles déjà tombantes et embrasant les reflets du jour qui s'en va, voilà ce qui l'attire.

Ni le blanc criard ni le noir désolant, mais ce gris qui n'en finit pas d'être bleu. Ô les toits d'ardoise de l'Ardenne encalminée dans ses brouillards, et ces routes sous la bruine infiniment comme des lisières qu'on pousse devant soi !

Dans son exil parisien, parlez-lui donc de l'herbe, moite comme une main de femme, et luisante comme une promesse, parlez-lui de ce vert qui roule dans son nom et qu'il cherche en vain dans la lumière de l'absinthe, et tout en lui, en un instant, redevient doux comme la laine.

V

En 1869, Paul revient précipitamment, le cœur tout barbouillé de larmes. Il a pris à Paris le train de Charleville, puis la patache de Sedan, le tortillard jusqu'à Bouillon, enfin le tram jusqu'à Paliseul où il descend un soir de mars.

Il fait beau temps déjà, les oiseaux s'en étonnent et ça fuse de partout. Il y a des petites filles dans la rue avec des cerceaux. Madame de Ségur n'est pas loin.

Mais Verlaine est ailleurs, sombre et buté. Sa tante Louise vient de mourir.

Il presse le pas en jurant contre lui-même d'avoir tant tardé, et c'est une fois de plus sa mère qui trinque. Si c'est Dieu possible, mourir par un temps pareil ! Et ce maudit soleil qui assèche le gosier. Va donc devant, la mère, je te rejoins.

Il entre au premier cabaret.

Dans la chambre mortuaire, il ne voit que la défunte qu'il embrasse en pleurant comme l'enfant qu'elle a bercé et qu'il vient de perdre avec elle. Ma bonne fée sévère et douce, toi aussi, tu me quittes. Et c'est Paliseul que tu emportes, et ce qui me reste ne m'est rien et ne me connaît pas. *Bon Dieu! que j'y ai joué, dans le clos de ma tante, et couru, et gambadé, et lutté,* et voilà, tout est fini.

Au cimetière, Paul boit, à même la bouteille, la *prune* blanche qu'il a achetée au café de la place. S'enivre sous les regards scandalisés de la famille. Mais qu'a-t-il à faire de ces gens-là ? Qu'on s'avise un peu de le rappeler à l'ordre en le tirant par la manche, ils verront de quel bois il se chauffe ! Grondant, il s'avance près de la tombe, la bouteille à la main et, dans des sanglots, insulte la parentèle avant de s'enfuir en trébuchant.

Des deux jours qu'il demeure à Paliseul, il ne dessaoule pas, mais avant de regagner Paris, il griffonne en hâte une procuration générale au nom du sieur Pérot.

Reste l'ardoise du cabaretier. Portée sur la succession de la tante Louise, elle est plutôt salée : « Cinq francs pour eau-de-vie de genièvre livrée à Monsieur Paul », l'équivalent de cent petits verres à un sou.

VI

L'année précédente déjà, devant sa conduite désastreuse, on avait conçu le projet de le marier à Clarisse Pérot. Paul s'était tout de suite jeté aux pieds de saint Roch, dans la chapelle voisine, le priant d'éloigner de lui à tout prix la peste du mariage.

La tante morte, on allait certainement revenir à la charge. Et comment ferait-il tout seul pour résister ? Il lui fallait donc se faire oublier un peu et faire une croix sur ses escapades paliseuloises, enterrer en somme sa vie en plein champ. Bon Dieu, plus que le bagne parisien, l'enfer des amours grises et celui des troquets, et les errances, et les prisons, et les hôpitaux, avant la dernière chute sur le carreau de la chambre sans feu !

Mais rien n'est encore dit.

En attendant, adieu Bouillon et la Semois aux truites *cléricales*, adieu l'Ardenne et tes grands bois où *des loups font parfois luire leurs yeux dans l'ombre / Et la myrtille est noire au pied du chêne vert.* Adieu, *pays de mon père*, et bonjour le long regret des champs, la nostalgie sans fin et les poèmes en lisières.

Adieu. Tout a passé comme la pluie. *Dis, qu'as-tu fait, toi que voilà, de ta jeunesse ?*

VII

« Rapp'lez vos filles, la Marie, j'croyons bien que rev'là l'pourcé ! » Ce cri-là qui fait rentrer les chaises plus vite qu'on ne les a sorties pour prendre le frais sur le pas des portes, il suffit que surgisse ici une ombre à chapeau, et qui boite et frappe le pavé de sa canne, pour qu'on se le rappelle.

Le *pourcé*, c'est le cochon, dans le patois ardennais. On ne sait plus qui a désigné ainsi Verlaine, ni quand la phrase a été prononcée, on s'est contenté de nous la rapporter telle quelle.

Pourcé, oui, qu'ils t'appellent. Tes *jeunes garçonneries partagées*, tes soulographies, tes propos licencieux, tes lutineries sur des paysannes effarouchées n'ont pas dû plaire. Pourtant, tu ne manquais pas de soulever ton chapeau en passant devant les dames. Justement. Il y a des gestes qu'on ne fait pas à la campagne. Faut savoir qui est qui, et ne pas prendre la myrtille pour une mûre.

'Soir, M'sieur Verlaine! (*Pourcé*, va! et braque, pas qu'un peu).

Bonsoir, Madame!

Allez, Verlaine, c'est l'heure,

Fous le camp, quitte vite et plus tôt que cela
Nos honnêtes Ardennes.

VIII

S'il est revenu à Paliseul après l'enterrement de sa tante, nul ne le sait. *Faut croire que là-bas j'offensai quelque fée, / Car m'en voilà parti plus tôt que de saison / Après avoir vendu mon clos et ma maison.*

Pourtant, il n'en finira pas de tourner dans les parages. Lors de son aventure avec Rimbaud, et après. Et c'est dans les bras de Julie, son autre tante, qui habitait Jéhonville, le village voisin, que son *grand fou de neveu* viendra, en avril 1873, se consoler de la vie dure que lui mène son ami. Elle le gardera tout un mois auprès d'elle, et c'est de là qu'il enverra à Delahaye ce dessin à la plume qui le représente, lui, Verlaine, nu sur un socle portant l'inscription *Jehonville faciebat.*

Le plus étrange, c'est que ses pas ne l'aient jamais conduit vers ce village tout près qui porte son nom, où pas un Verlaine n'est enterré, ni ne figure au registre paroissial, où seule l'enseigne au néon d'un petit restaurant fait briller, le soir, parmi les étoiles, les deux syllabes sonores : Verlaine.

LA MAISON DES COULEUVRES

I

Passeur de lisières, Verlaine, sa vie durant, ne cessera de taquiner la frontière, comme un riverain le goujon quand la pêche est interdite, si délicieuse est la sensation de désobéir.

C'est un peu la même sorte de frisson qui le fait jouer avec les mots, prendre l'éloquence et lui tordre le cou ; un peu le même plaisir équivoque à faire passer l'encre noire du côté de la rivière et de son chuchotis, le sentiment du côté de la sensation, et glisser les émotions, comme des notes bleues, entre les gammes de la musique, délayer le rouge, le noir, le bleu dans l'eau de pluie que rien n'arrête ; un peu le même trouble qui fait dévier l'amour du côté de la chair et du vertige des sens.

Le même jeu, le même plaisir, le même trouble de jouer l'homme avec la femme et la femme avec l'homme, l'ivrogne impie parmi les littérateurs à la côte, le paysan crotté dans Paris, et le saint parmi les bagnards.

Mais c'est à l'intérieur du vers toujours que le passage de la ligne se fera, avec toutes les nuances, du rêve qu'on vit à la vie qu'on rêve. Et qu'importent à la fin la césure et la rime pourvu que la musique soit douce en passant.

II

Il n'y a pas de frontière plus difficile à passer que l'enfance.

De plus en plus las, abîmé par l'alcool, la débauche et les maladies, le « vieux Socrate chauve » rêve encore du vert paradis ardennais. Que voulez-vous, dit-il, *j'en suis à demi comme on a comme qui dirait une bague au doigt ou une plume au chapeau.*

En 1885, alors qu'il est toujours interdit de séjour en Belgique, on perd sa trace quelque part dans les Ardennes, du côté de la frontière belge. Ses biographes le disent en balade, sans préciser. À quoi bon, du reste ? Le flou lui va comme un gant. Lui-même ne désire plus qu'une chose maintenant que Rimbaud est parti et que Lucien est mort : qu'on lui *foute un peu cette bougresse de nom de Dieu de paix.* Une paix royale, sacrebleu, je l'ai bien méritée.

Au vrai, des mérites, il en a plein les poches, Verlaine, et qui ne lui ont pas rapporté une thune, comme ses *gamineries* crapuleuses avec des *galopins aux yeux de tribade* (on en percevra l'écho, huit ans après sa mort, dans *Hombres*, imprimé sous le manteau chez Messein, à Paris, en 1904) ;

et cette rixe dont il est victime au sortir d'une auberge du coin et qui lui vaut un œil au beurre noir et une condamnation pour ivresse publique ;

et la fortune de sa mère qu'il dilapide en quelques jours ;

et les scènes violentes qu'il lui inflige au point qu'elle court se réfugier chez des voisins ;

et puis, ce mois passé derrière les barreaux de bois de la *prison bon enfant* de Vouziers, où il joue au bouchon toute la sainte journée avec le gardien-chef, quand il ne rimaille pas sur son calepin telle variante à son autoportrait

Le Tibère effrayant que je suis à cette heure,
Quoi que j'en aie, et que je rie ou que je pleure,
Qu'il dorme ! (...)

Qu'il dorme, c'est ça, et qu'on lui foute la paix ! *L'Anglais de Coulommes*, comme l'appellent les gens du cru, s'est envolé enfin. Bon débarras !

III

Quatre mois à pinces sur les routes du Nord, seul, en vagabond, et par ce soleil qu'il fuit comme la peste, ce n'est pas de jeu. Et s'il est bon marcheur malgré sa gauche qui « coule » un peu, ce n'est pas une raison pour le croire vaillant à ce point.

Simplement, il a dû profiter des rencontres du *voillage*, comme il aimait à dire. Ici, un saltimbanque et sa roulotte, là un charretier, plus loin un trimardeur qui fait passer les kilomètres dans la conversation, sans compter les haltes pour une fine, un marc gratis, enfin de ces rafraîchissements qui couperaient les jambes à tout autre que lui.

Car il retrouve ici, à travers la nature, le campagnard de fond qu'il n'a cessé d'être. Moins fauché, il serait dans son élément. Mais l'argent qu'il avait enfoui dans son mouchoir en partant, on le lui a volé dans son sommeil, c'est ce qu'il dit. Il n'a jamais su compter.

Le seul qui peut le tirer d'affaire, c'est cet ami d'enfance à Paliseul, Jean-Baptiste Dewez, qui est devenu curé à Corbion-sur-Semois, là-haut, sur la frontière, côté belge.

Viens quand tu veux, disait-il. Verlaine ne se le fait pas dire deux fois.

IV

À sept kilomètres de Bouillon, à dix-huit de Sedan, Corbion est bâti à flanc de coteau et ressemble à une corbeille entourée de verdure, d'où son nom.

Ses rues aux pentes impressionnantes, aujourd'hui proprement asphaltées, avaient l'aspect d'un bourbier par temps de pluie, d'un brûlot poussiéreux par temps sec.

De retour, le soir, du presbytère où il a discuté longuement avec l'abbé en fumant des cigarillos de la Semois, Verlaine a dû glisser plus d'une fois dans la boue, et accompagner sa chute de bordées de jurons que les commères du coin ne pouvaient que rapporter, furieuses, au curé :

Fameuse recrue qu'cet apôt' là, Monsieur l'abbé, et pas bien clair, pour sûr, tout son temps au café et ronflant à la messe. Y a des manch's à mett' pour qu'i' change, ah ça! Bien du courag' tout d'même.

L'abbé fait ce qu'il peut, mais l'énergumène est de taille. Quand il le raccompagne jusqu'à la porte de la cure, il se doute bien que Verlaine, malgré ses promesses, ne rentrera pas tout droit à la maison. Mais que peut-il faire de plus que l'écouter en glissant quelques conseils et de petites remontrances dans la conversation ?

Déjà, il le reçoit en cachette pour ne pas effrayer les bonnes âmes, ce que sa demi-sœur qui vécut avec lui attestera, sans s'expliquer tout à fait cette affection pour le vieil ivrogne, sinon comme un signe de faiblesse et de charité chrétienne.

Peut-être l'abbé sentait-il déjà la mort venir, et rien ne rapproche deux êtres comme la proximité de la fin. Mais comment dire cela, et qui comprendrait ? On ne comprend que ce qu'on aime, que ceux qu'on aime, voilà tout.

Alors, mon pauvre Paul, à quoi bon tous ces mensonges entre nous, toutes ces dérobades pour cacher le fond de ta vie et ta détresse immense ? Toutes ces couleuvres pour quelques sous à balancer sur le zinc comme une poignée d'eau sur le feu, et rentrer quand même les yeux caves, et les sens dessus dessous.

V

Le Grand-Enclos, la Crapotière, le Cul-d'Agasse, la Grande-Boucaudrie, les Prés-de-la-Mairesse, le Rocher-du-Pendu, la Hottée-du-Diable, j'en passe, Corbion n'est pas avare de lieux-dits.

Celui qu'élit Verlaine, en 1885, pour se cacher, est appelé Bojoban, c'est-à-dire bois du ban, à deux pas de la Roche-des-Fées.

Il y avait là, au bout d'un chemin creux, caillouteux et pentu, une petite maison d'ardoise à flanc de talus appelée la Maison des couleuvres.

Située à proximité d'un ruisseau, le Joly, qui coule en contrebas, juste derrière un petit clos, la maison servait depuis longtemps de lieu de rendez-vous à ces reptiles inoffensifs.

Le Joly qu'on enjambe sans peine marque encore exactement la frontière avec la France.

À la moindre alerte, Verlaine n'a que quelques pas à faire pour être en sécurité. Un jeu dont il ne se privait pas sans doute, le répétant peut-être, pour rire, avec les enfants de la maison. Lui jouant le loup, eux les petits chaperons rouges.

Pendant ce temps-là, les couleuvres avaient la paix. Et les commères.

VI

Mais qui donc est cette grande rouquine qui étend le linge sur l'herbe du clos ? et qui, à qui, ces enfants qui font la ronde autour des draps et que Verlaine houspille parce que leurs cris l'empêchent de lire son vieux Racine, qui ?

Les uns parlent d'une veuve, étrangère au village en tout cas ; les autres, d'une traînée que le poète aurait amenée là lors d'une précédente visite, après sa sortie de la prison de Mons. Les moutards seraient à elle, de père inconnu.

Étrange tout de même cette parole du curé Dewez à propos de l'un de ces enfants, rapportée par sa demi-sœur à Frans Muller : « Il ne vaut pas mieux que son père... » Désignait-il Verlaine ? ou connaissait-il le vrai père ? On ne le saura jamais sans doute. Et l'on s'abstiendra d'ajouter encore à ce mystère puisque Verlaine a cru bon de n'en rien dire.

À quarante et un ans, Verlaine est dans la force de l'âge. *Rôdeur vanné à l'œil fané, / tout plein d'un désir satané*, il aime l'amour, mais *dans l'oubli charmant de toutes pudeurs* et *que le plaisir rie*. La paillardise, c'est du bonheur qui se déguste *en apache*, n'en déplaise aux bigotes. Alors, belle rouquine, *aime-moi donc mieux / Que tous ces jeunes et ces vieux / Qui ne savent pas la manière, / Moi qui suis dans ton mouvement, / Moi qui connais le boniment / Et te voue une cour plénière !*

Et toi, l'abbé, ferme les yeux, laisse le poète chrétien à cuisse de faune, comme l'appelait Maurras, *roule*(r) *comme la vague / Dans un délice bien païen*, Dieu reconnaîtra les siens.

VII

Le vieux faune, un beau matin, s'en est allé comme il était venu. Les mains dans les poches. Avec quelques paquets de tabac de la Semois dans son sac, du tabac du pays.

Vanier, son éditeur à Paris, est le premier prévenu de son retour et de sa nouvelle adresse, cour Saint-François, cette misère, un cul-de-sac crasseux, près du chemin de fer, avec ses briques noircies, ses voitures à bras, ses filles à cent sous et son marchand de vin.

Mais pas un mot sur son escapade et, pour justifier son long silence, rien d'autre que ce lapidaire et sibyllin *tant de tuiles et de couleuvres!*

VIII

Des ruines, les murs de soubassement envahis d'arbustes et de lierre, des ardoises mangées par la mousse, voilà tout ce qui reste aujourd'hui de cette Maison des couleuvres où Verlaine a vécu tant de jours, loin de tout, incognito.

Le Joly court encore un peu plus bas parmi les conifères, mais l'eau fraîche a passé comme la jeunesse et sombré dans l'égout.

Le poète aussi a sombré, et tout son art. D'hôpitaux en hôpitaux (pas moins de quatorze séjours, de 1886 à 1891, *fin logique d'une carrière illogique aux yeux du vulgaire, j'ajouterais presque, la fin fière et qu'il faut!*), d'hôtels en garnis, de brasseries en caboulots, de catins en maritornes, le « Ronsard de la cour des Miracles », rejeté par *l'agagadémie*, n'est plus que l'ombre de lui-même, une ombre lucide cependant : *Presque un vieillard, presque hystérique, / Aux goûts sombres et ruineux, / Évocation chimérique / Des grands types libidineux.* Sans illusion désormais, il se raille tant qu'il peut. Il fait des vers comme on pond des crottes, à dix francs le sonnet, pour un bibliophile. Eugénie veille au grain.

Au jeune homme qui l'interroge sur le mouvement symboliste, il s'amuse à répondre qu'il ne connaît pas l'allemand, que tous les *cymbalistes* ne valent pas une timbale de quetsche ou d'absinthe. On le range parmi les décadents ? Tant mieux, *la décadence, c'est Sardanapale allumant le brasier au milieu de ses femmes, c'est Sénèque s'ouvrant les veines en déclamant des vers, c'est Pétrone masquant de fleurs son agonie.* [...] *C'est l'art de mourir en beauté.*

Sa fierté, Verlaine l'a balancée avec le reste. Voici venu le temps de la légende et de la gloire, voici touché le fin fond de la mistoufle.

IX

À Paris, l'ardoise est réglée. En Ardenne, elle n'attend plus que la pluie qui console du gris.

En juin 1888, Verlaine appelle de nouveau l'abbé Dewez à son secours, car l'Ardenne lui manque comme sa mère. Pas de réponse, et pour cause, le bon curé est au plus mal. Léon Bloy, à qui le poète s'est confié, s'entremet et, pareil à lui-même, n'y va pas avec le dos de la cuillère. Au nom du Christ, il insulte copieusement le malheureux prêtre, le menace de publier « un récit exact et joyeux » de l'affaire, s'il n'obtient pas une réponse dans les huit jours, et le remercie pour finir, en « sa qualité de polémiste et de romancier de l'avoir documenté surérogatoirement sur la vilenie sacerdotale ». En vain.

Verlaine ne reviendra plus.

X

Verlaine ne reviendra plus, sauf en rêve, quand, se tournant et retournant sur sa couche, aux derniers jours de 1894, il remet ses pas dans ses pas, et c'est encore, encore et toujours *Sedan (prononcez S'dang), Bouillon, Paliseul (prononcez Palizeû), Jéhonville (prononcez Djonvî), lieux d'enfance. Que changés! Dans le bois, à droite, en venant, le grand bois murmurant jadis sous des vents parfumés de bruyère, de myrtilliers et de genêts, et pleins du cri lointain des loups et de leurs yeux comme tout proches, il y a des becs de gaz, et dans les clairières, très nombreuses aujourd'hui, des industries mal odorantes (...). Je reconnais le chêne, le Père qui s'élève à l'entrée du bois?... du bois... Salmon (c'est bien ça), de quelques mètres éloigné des premières futaies. Horreur! un Robinson qui s'y est installé, à l'usage de couples à demi paysans : bières et sirops, macarons et veau froid, chef crasseux et bonnes sales. Du trottoir et du bitume et du béton. La campagne autour, quelquefois sauvage, s'est faite plate à force de jardins potagers. Les beaux étangs noirs qui clapotaient gais et sinistres en plein vent dans l'âpre prairie, il y a des cygnes et des bêtes cyprins dedans et une bordure de granit rose autour... Je m'y mire et j'y vois une face grassouillette dont je reste tout confus en présence de mon innocence, là vivante jadis et de tout ce qui s'est passé entre ma maigreur d'alors et ce ridicule, cet odieux embonpoint qui dit tant de choses digérées, de choses plates, laides, médiocres et lâches. — Et que béni soit le sursaut vengeur me rendant tout à mon réel malheur, fier alors !*

Pays qu'on est, pays qu'on reste.

Le 8 janvier 1896, Verlaine, pour de bon, arrête la route en travers de son corps.

DU MÊME AUTEUR

Aux Éditions Gallimard

VERLAINE D'ARDOISE ET DE PLUIE, 1996

LE PÊCHEUR D'EAU, 1995

LA VIE PROMISE, 1991

Chez d'autres éditeurs

L'AMI DU JARS, Théodore Balmoral, 1997

PARTANCE, L'Étoile des limites, 1995

CHEMIN DES ROSES, L'Apprentypographe, 1991 (avec Bernard Noël)

MARIANA, PORTUGAISE, Le Temps qu'il fait, 1991

ÉLOGE POUR UNE CUISINE DE PROVINCE, Champ Vallon, 1988

LE RELÈVEMENT D'ICARE, La Louve, 1987 (avec Yves Bergeret)

SOLO D'OMBRES, Ipomée, 1983

ELLE, PAR BONHEUR, EST TOUJOURS NUE, 1998

Composition Bussière
et impression Bussière Camedan Imprimeries
à Saint-Amand (Cher), le 12 février 1998.
Dépôt légal : février 1998.
Numéro d'imprimeur : 2180-1/3507.
ISBN 2-07-040413-7./Imprimé en France.

84036